文春文庫

田舎のポルシェ

篠田節子

文藝春秋

目次

田舎のポルシェ

田舎のポルシェ

台風が接近中と聞いたが、中空には半月がかかっている。冴え渡った月光を鈍く反射する雲の流れが速い。

丸一日で帰って来られれば直撃は免れる、と踏んだ。

大型トラックばかりが地響きを立てて行き交う幹線道路に面したコンビニの店内は暗い。実家のある東京ではコンビニエンスストアといえば、つい最近まで二十四時間営業が当たり前だったが、こちらでは以前から深夜は店を閉めているところがけっこうあった。夜も九時を過ぎれば、繁華街の人気も途絶える。ましてやこんな未明の時間帯に付近を歩いている者などいない。

外灯に照らされた店の前に立っていると、一台の車が弾みながら駐車場に入ってきた。

軽トラックだ。

店は閉まっているというのに、と首を傾げる。

「どうも。増島さんですか？」

「はあ？」

戸惑いながらその白っぽい車体に目をこらす。このあたりでは住宅と農地を繋いで走り回っている、いちばんありふれた車だ……。

手ぬぐいを被った男の顔が運転席の窓から覗く。

布で半ば隠れた眉の下からこちらを見た目が鋭い。

「あ、はい、増島ですが……」

半信半疑で答えるより早く、男は降りてきた。

思わず後ずさった。

青白い外灯に照らされた全身紫の大男。ツナギ姿だ。それもトラックのドライバーにときおり見かけるヴァイオレットではなく、慶弔両用風呂敷の紫色だ。

「瀬沼です。今日はよろしく」

男は、増島翠の正面にぴたりと立つと、手ぬぐいを取って頭を下げた。

坊主頭だ。最近、サラリーマンなどにもときおり見かける五分刈りではなく、地肌が透けて見えるような丸刈り。

きびきびとして妙に礼儀正しい挨拶は、素性の良さと悪さの双方の可能性を示している。良い方は運動部、悪い方は……。ツナギのジッパーの胸元は十センチほど開いており、喉元から金の鎖が覗いている。

よくあるチンピラヤクザのネックレスよりさらに太く、赤っぽく、日焼けした皮膚の上でぎらぎらした光を放っている。

まさか、この男の車に乗って往復千キロのドライブをするのか？

しかもなぜか軽トラ。

東京の実家で収穫した米をここ、岐阜市内まで運ぶ話が持ち上がったのは、つい一週間前のことだった。

運送費や積込作業のことで業者と折り合わず迷っていると、岐阜市内の資料館に勤める同僚のひとりが、自分の車を出すと言ってくれた。しかし積み荷の総量が百五十キロと聞いたとたん、「あたしのアクアじゃ無理無理」と笑い出した。重さはともかく三十キロ入りの米袋を五つも収めるのは、大きなバッテリーを後ろに積んだハイブリッドカーではスペース的に難しい。

そのとき「友達のハイエースで運んでもらいな。業者頼むとけっこう取られるし、翠も一緒に乗ってっちゃえば新幹線代も浮くから」と同僚が連絡を取ってくれたその「友達」が瀬沼剛（たけし）だった。

「中学のときの同級生で二十ウン年の腐れ縁。バカだけど気を遣うような相手じゃないから」

いわゆる地元友（ジモトモ）で、酒屋の次男坊、と聞いていた。その酒屋が倒産したので、今は便利屋をしながら職探しをしている最中、という話だった。

だが、やってきた瀬沼という男の車はハイエースバンではなく、なぜか軽トラックだ。

そして本人の風貌も、「バカ」というよりは……。

「乗ってください。深夜割引がきくうちに、行けるとこまで行っちまうんで」

瀬沼は再び手ぬぐいを被ると勢い良く助手席のドアを開ける。

否も応もない。助手席には真新しい座布団が一つ置かれている。

自宅かどこかにハイエースが置いてあり、これからそちらに行って乗り換えるつもりなのかもしれない。

シートに座ると背もたれが立っている。ほぼ垂直だ。当たり前だが軽トラにリクライニングは期待できない。椅子も高い。足元のドア側がホイールスペースになっているので荷物の置き場所が無い。しかも床にはキャンバス地のバッグが一つ転がっている。

「あ、踏んづけていいスから」

瀬沼という男の荷物のようだが、踏んづけるわけにはいかない。足を除(の)けて、自分のデイパックは膝に置く。

翠の実家も農家だが、ミニバンを使っていた。軽トラに乗るなど、数年前に観光みかん園に行って以来だ。あのときは畑から離れた手洗いまで送り迎えしてもらったのだが、その距離はせいぜい四百メートルくらいだった。

コンビニの駐車場を出た軽トラは、町の中心部に向かう。県庁所在地でもあり、ビルと商業施設が林立する一帯の賑わいはかなりのものだが、さすがにこの時間帯に人通りはない。紅葉前の楓(かえで)が青々と茂った繁華街の並木道を抜け、駅の線路を通り越し、車は高速インターに繋がる二車線道路に入る。

トラックが抜け道に使う狭い道の路面は荒れている。凹凸を拾って軽い車体が跳ね、身体が上下左右に大きく振られた。

「そこにつかまって」と男はドア上部のアシストグリップを顎で指す。

「空身の軽トラの乗り心地は最悪なんで」

「あ、はい。大丈夫です……」

答えかけたとたんに大きく車体が跳ねて舌を噛みそうになった。

「ハイエースで来られる、とうかがっていたんですけど」

遠慮がちに尋ねると奥二重の鋭い目が一瞬こちらに向けられた。

思わず身体を固くする。

あの同僚は何か悪意があってこんな男を紹介してきたのか。

「差し押さえられたんで」

そう言えば家業の酒屋は潰れたと聞いている。あるいはこの男が潰したのか。

触れない方がいい話題だ、ととっさに判断した。口をつぐむと、瀬沼は自棄気味の快活さで続けた。

「米百五十キロ運ぶのなら、軽トラしかないっしょ」

民間の宅配便を利用することも考えた。だが、三十キログラム入りの袋が五つとなると、百五十キログラムの料金では済まない。一袋ずつ五十キログラムの規格の箱に収めなければならず、それに対し五十キログラムの運賃がかかるから、二百五十キログラム分の料金を請求される。そのうえ積込作業や近所への挨拶もあるので翠本人が東京まで行かなければならず、新幹線代も別途かかる。

往復約千キロ。車なら未明に出発すれば、途中で休んでも夕刻には岐阜に戻って来られる。

勤め先の郷土資料館が休みにあたる月曜日に、現在、便利屋をしながら勤め先を探している男に車を出してもらう、というのは悪くない話だった。

礼金は、高速代、ガソリン代、積み下ろし料など込みで三万円ということで、同僚を通して話がついていた。

だが、どうも予想していたのと様子が違う。この車で、この男だ。

少しばかり節約するつもりが失敗したか、と翠は早くも後悔していた。

夜明けまで、まだかなり間がある。道沿いの住宅や倉庫、事業所などの間に、農地が点在している。

いつのまにか広い道に出ていた。高速インターの緑の案内表示板が現れ、道路の両脇に大型配送センターが建ち並ぶ。それらの建物の向こうの明かり一つない広がりは、昼間に走れば、刈り取り間際の稲穂（いなほ）が重たく頭を垂れた黄金色の水田だ。

「このあたりで作る米って、どんな銘柄なんですか」

黙っているのも気詰まりなので、翠は当たり障りのないことを瀬沼に尋ねる。

「さあ。銘柄は知らないけど、まずい米っすよ。自分の家で食べて、親類に配って終わり。だれも売ろうって気はない」

「うちの米だって似たようなものです。早生で収量が多くて、それだけ。炊きたては何とか食べられるけど、冷めたら最悪」

「東京で趣味と道楽で作ってる米じゃ、なんだかんだ言ってもこのへんの米とは違うっしょ」と瀬沼は鼻先で笑った。

感じの悪い物言いだ。趣味と道楽で米を作れるわけがないだろう、という言葉は飲み込む。

「無農薬だの、有機だの、こだわりの米でしょ」

「普通の米です」と、ついぶっきらぼうに答えている。

「農薬とかも普通に使ってると思いますよ。私、作ってるわけじゃないからわかりませんが」

「東京ブランドで高級レストランに卸したり」

「うちは国立あたりの意識高い系農家とは違いますから」

「ボランティアが手植えしたりしてるやつっしょ。赤いバンダナ巻いて」

うるさいっ、と一喝したくなるのをこらえて、自分の頭に巻いた日よけがわりの赤いバンダナを外す。

「作業着を着て機械植えです。刈り取りもコンバインで脱穀までいっぺんにやってます。

ついでに、天日干しもしません。機械乾燥です」

近所の八十過ぎの専業農家の人が、急死した兄のかわりに田んぼの面倒を見てくれている。ボランティアだのＮＰＯだのは面倒臭いので入れていない。農業法人からのオファーもない。

だが地方の住人にとって東京の農家といえば、テレビの情報番組に登場する世田谷、調布、国立あたりのエコロジー意識に立脚した都市型農業を営む人々のことだ。そうでなければ普段は労働に縁のない意識高い系の人々が集まって、数少なくなった生産緑地を家庭菜園感覚で耕す環境保護活動か。

岐阜羽島のインターを入った。

料金所を通過する寸前、瀬沼はダッシュボードに置かれたＥＴＣの車載器をひっ摑むと、運転席の窓から外に突き出した。

「はあ？」

「通販で買った車載器で、車内に置いておくと反応しないんで」

自分で取り付けたものらしい。

入口のバーが上がり、男は車載器を元に戻す。

その瞬間、車載器を摑んだ男の右手が料金所の明かりに照らされ、薬指にはまった指輪がぎらりと光った。ネックレスと同様、赤っぽい金、金ぴかの金だ。それも竜が巻き付いた形の。

ただのアクセサリーと思いたい。世の中にはいろいろなセンスの人間がいる。取りあえず五本の指はすべて揃っている。

入れ墨、タトゥーの類いは長袖長ズボンなので確かめられない。

一応、地方公務員である同僚が、いくらジモトモとはいえ、ヤクザと知り合いのはずはないし、そんな男を寄越すわけもないと信じることにした。

元暴走族かマイルドヤンキーというやつかもしれない。それでも運転の方は危なげない。

それにしてもこんな男と一緒に帰郷したら、親類や隣近所の人間に何を言われるかわからない。

実家とも郷里ともすっぱり縁を切ったつもりが、まだそんなことを気にしているのかと思えば、情けなくもなる。

高速道路はこんな時間帯だというのに車が多い。普通車ではない。東京に向かう大型トラックやトレーラーなどだ。荷物を満載しているのだろう。遅い車が多く、軽トラの排気量660ccエンジンで走るとちょうど流れに乗れる。だが前後を大型車やクレーン車、車載車などに挟まれると恐怖を感じる。ときおり業を煮やしたように大型車が地響きとともに追い越していく。

排気ガスが吹き込んできて窓を閉めようとしてスイッチを探し、はっと気づいてドアのハンドルを回す。

「電動じゃないんだよな、これが」と男は勝ち誇ったように笑う。

「いいじゃないですか、水没したときにはこの方が安全ですから」

さきほど付けたラジオが、台風が九州に上陸したことを告げている。

まだ雨粒は落ちてきていないが、帰り着く頃には豪雨になっているかもしれない。

月は雲に隠された。あたりは暗いが、もし晴れているならとうに東の空が明るんでくる時刻だ。


豊川(とよかわ)インターを越したあたりで夜が明けた。それまで前後を走っていた大型トラックやトレーラーは先に行ってしまったのか、他の道に逸れたのか、急に交通量が減った。

防音壁が切れ、見事なバラ色に輝く朝焼け空の下に畑や果樹園が広がっている。

左側の走行車線を軽トラックは時速七十キロほどで順調に走る。高速道路にしてはゆっくりした走りだが、乗用車と違い軽い車体と立ったフロントガラスが風を受け、思いの他疾走感がある。

窓を少し開けると、騒々しい音とともに気持ちのいい風が吹き込んできた。

まさか自分たちより遅い車があるとは、想像もしていなかった。

気がつくと前を走る車のテールランプが二、三十メートル先にある。

路面に貼り付くように真っ赤な車体が這っている。

「なんだぁ、乙(おつ)かぁ？」

遠目にもフェアレディZと知れた。

ゆっくり走っているだけならいい。

蛇行しているのだ。

瀬沼はかすかに眉間に皺を寄せると、スピードを落とし車間を空けた。

「酔っ払い運転ですか」

「この時間帯には結構いるんだよな、危なくてしょうがない」

蛇行している車は追い越し車線にはみ出しそうに右に寄り、次には左に戻り路肩の白線を踏んで再び右に戻る。

「おいおい」と翠は前を行く車を視線で追いながら、顔の見えないドライバーに非難がましい声を上げる。

「あいつヤバいな。事故ったら、こっちがとばっちり食う」

低い声でつぶやくと瀬沼はハンドルを右に切った。

追い越し車線に乗った。のろのろ運転の蛇行車を追い越して、危険な車から遠ざかることにしたらしい。

アクセルを踏み込む。

耕耘機のような排気音が響いた。

軽い車体がぶれる。

「直進安定性が悪いんすよね。車軸と車軸の間が短いもんで」

走行車線の真っ赤なZにぐんぐん近付いていく。凄まじい速さに身を縮めスピードメーターを見たが、九十キロしか出ていない。

追い抜きざまに、助手席の翠からスポーツカーの運転席が見えた。

ゲームか、LINEか、若い男が左手に持ったスマホを盛んにいじっているところだった。

はっとしたように画面から視線を上げた男と一瞬、目が合った。

「スマホ操作してた」

「バカが」

瀬沼は吐き捨てるように一言うめくと、アクセルを踏み込んだままスポーツカーを引き離す。660ccのエンジンがうなり、車体が揺れる。

十分な車間を取ったところで走行車線に戻るつもりだった。

次の瞬間、走行車線を蛇行していた車はいきなり正気に戻ったように真っ直ぐに走り始めた。スピードを上げ、追い越し車線に入る。

瀬沼はすぐさま走行車線に戻る。

だが真っ赤なフェアレディZは追い越さずに走行車線に入ると、軽トラの真後ろについた。車間を詰めて追ってくる。

瀬沼はバックミラーに視線をやりアクセルを踏み込む。

スポーツカーと660ccでは勝負にならない。

追突されそうになって追い越し車線に逃げると、赤いフェアレディZも追い越し車線に移る。

再び走行車線に戻ると赤い車も走行車線に戻りぴたりと後ろに付けてくる。

次の瞬間、赤い車は猛スピードで追い越していった。ほっとしたのもつかの間、走行車線に入った。

ブレーキランプが点灯したかと思うと右に左に、今度は意図的に蛇行し始めた。

路肩に寄せて瀬沼が軽トラックを止めたのと、前の車が走行車線の真ん中に止まったのはほぼ同時だった。

勢い良くドアが開いた。黒のパーカーを羽織った若者が降りてくる。

青白い顔、細眉をつり上げた若い男が、ポケットに両手を突っ込み近付いてくると、運転席ではなく翠のいる助手席の方に回った。

「この百姓がぁ」

怒号とともに衝撃があって軽い車体が揺れた。

先の尖った革靴でドアを蹴ったのだ。

「さっき、俺の顔見て笑ったろ、この百姓ババアが」

二度、三度、ドアを蹴る。

「窓、閉めろ」

瀬沼が短く言った。上の方が四、五センチ開いていた。

ハンドルを回す。

思わずあっと声を上げていた。慣れてなくて逆回しにしたのだ。

「ババア、何がおかしいんだ、おらぁ」

言葉と同時に男の拳が突き出された。

悲鳴とともにとっさに首を縮め顔は防いだが拳は頭に当たった。

「てめっ、このやろう」

瀬沼が助手席に身を乗り出し男の腕をひっつかむ。

だが男は翠の髪をわしづかみにしている。

「降りてこい、百姓ババア、何で笑ってたんだよ」

さきほど追い越しざまに確かにこの若者と目が合った。笑っていたかどうかなどわからない。

瀬沼が背後を確認して飛び出していったのと、翠が窓の開閉をするハンドルに手をかけたのは同時だった。男は髪をつかんで翠を窓から車外に引きずり出そうとでもするように無茶苦茶に引っ張る。ハンドルを回す手に抵抗があった。窓ガラスが男の腕を噛んだ。

そのまま体重をかけてハンドルを回し、締め上げた。

男が悲鳴を上げた。

「殺すぞ、開けろ」

若い男は喚きながらもう片方の手で窓ガラスを殴ってくる。

次の瞬間、髪から手が離れ、若者の腕は車外に出た。

男の尻を瀬沼が背後から蹴り上げたのだ。

振り返った若者の身体が固まった。

「なんだ、てめえ」という声が小さい。

百姓車から、全身紫の坊主頭、金鎖を吊した百八十センチを超えるような大男が降りてくるとは思わなかったのだろう。

「おめえ、どこのもんだ？」

腕組みして頭を傾け、瀬沼が若者を睨めつけている。

「うるせえ、ぶっ殺すぞ」

後ずさりした若者の声が裏返っている。

「素人か、スジモンか、どっちだ」

腕組みをしたまま顔を押しつけるようにして瀬沼が凄んでいる。顔つきといい、語調といい、まさしくチンピラヤクザのそれだ。

「おめえ、俺がだれかわかってやってんだよな」

若者の顔から血の気が引いたかと思うと、踵を返して赤い車に向かって走り出した。

ディーゼルのロゴの入った黒いパーカーのフードを、その瞬間瀬沼が摑んだ。

「ちょっと」

翠は慌てた。

「何してるの、やめて」

「こっち来い」

パーカーのフードを摑んで瀬沼は、若者をこちらに引きずってくる。

助手席のドアを指差した。

「弁償しろ」

「ふざけんなこんな百姓車」という若者の声が震えている。

「板金塗装代。二十万」

そう言うと同時に男のズボンの尻ポケットに入っていた財布を抜き取った。

「何してるの、やめてよ」

スマホで110番通報しかけていた翠は手を止めて叫ぶ。

無視して瀬沼は男の財布をさぐると札を数枚抜き取り、自分のポケットにねじ込む。

若い男は呆然とした様子で突っ立っている。

札を抜いた財布を「ほらよ」と投げ返す。

取り落とした若者が「ちっくしょう」と言いながら拾うと同時に、背後からトラックのホーンが聞こえた。

「あぶねえぞ、何やってんだ、ばかやろが」

怒号とともに大型トラックが路上に駐められた二台の車を追い越していった。

悪態をつきながら、若者は自分の車に駆け戻っていく。

ドアを閉める音とともに急発進し、次の瞬間、赤のフェアレディZは視野から消えた。

翠はぽっかりと口を開けたままスマホを握っていた。

手が震えていた。

あおり運転も暴力も怒鳴り声も怖かった。それ以上に手慣れた調子で喝上げる全身紫、金鎖、坊主頭の男が怖い。この男と千キロ近いドライブをすることになったら、どこでどんなトラブルに巻き込まれるかわからない。

「もしもし、もしもし、どうしました」

スマホの受話口から声が漏れてくる。慌てて耳に当てた。

さきほど110番をタップしてそのままになっていたのだ。

「すみません、間違えてかけました、ごめんなさい」

慌てて切る。

すぐに着信音が鳴る。

「もしもし、警察です。何かありましたか」

「すみませんすみません、間違えて番号、触っちゃったんです。何でもありません」

「そうですか、気をつけてください」と言って電話は切れる。

体中から生温かい汗が噴き出していた。

何事もなかったように瀬沼は運転席に戻ると車を発進させる。

時速八十キロぴったりで走行車線を走っていく。

「あの……いつもこんなことしてるんですか」

「はぁ？　こんなって？」

「お金取ったら、警察を呼んでも、こっちが悪いってことに……」

「警察呼んだって、相手は金なんか払うわけないっしょ。しかもエンジン止めてたから保険も下りない。あのガキ、ろくに金、持ってやがらなかった。板金屋でへこみを直して塗装したら足が出る」

「そうですか……」

「あんたこそ、あいつの腕、ギロチンしたろ」

「ええ、まあ」

とっさのことであまり良く覚えていない。

「頭、真っ白になったんです。男に殴られるとか、初めてだったんで。うちの親だってろくなもんじゃないけど、私の髪を摑んで引きずったりグーで顔、殴ったりはなかった」

「しかしあの反撃は、さすが、東京の女は怖いわ」

「東京は関係ないと思いますけど」

東京の女、と、あの土地に行ってからはことあるたびに言われる。

資料館のバックヤードの汚れ仕事をするために水色のワークシャツに細身のカーゴパンツで出勤したときも、最近、前髪に混じり始めた白髪を隠すためにオレンジ色のヘアマニキュアをしたときも、さすがに東京の女は洗練されてるね、と、賛辞とも皮肉ともつかない口調で言われた。

なんで東京の人があっちで就職しないで、こんな田舎に来たの？　という質問はあきるほど聞いた。

「でも、ちょっと惚(ほ)れたぜ」

瀬沼は視線を前方に向けたまま、いびつな笑いを浮かべた。

「それはどうも」

高速に乗って二時間近くが経過した。

三ヶ日(みっかび)インター手前で、再びトラックが増えてきた。過積載(かせきさい)と思(おぼ)しき大型トラックはスピードを出せず、軽トラックといい勝負になる。前後を大型トラックに挟まれるのは気持ちの良いものではないが、同じくらいの速さなので身軽な乗用車に背後から迫られるよりは気が楽だ。

「さっきみたいに煽(あお)られることはよくあるんですか？」

「下道(したみち)通ってりゃあまりないけど、高速乗るとな。何せ、この遅さなんで」

そもそも軽トラックで高速道路を一千キロも走ろうというのが間違っている。軽トラは自宅と少し離れた畑を行き来するのに使うものだ。そうでなければ、地元の現場と工務店の往復か……。

「で、いつもあんな風に……」

「追い越して車停めさせるバカはそうはいねえが、どっちにしても弱っちいやつだと思われたらボコボコにされるからな。男の世界ってのは、そういうもんだ」

男の世界じゃなくて、あんたの住んでる世界がだろうという言葉は飲み込む。

「だからその格好なんですか」とあらためて紫のツナギと金鎖と坊主頭を見る。

強いというよりは、危ないやつにしか見えない。

「ま、軽トラ乗るときはツナギが一番楽なんで」と男は自分の頭を撫でる。

「前は床屋行ってたんだけど、金、無いんで。バリカンで自分で刈ることにしたんすよ。うちの酒屋が潰れて、それこそ店舗ビルから倉庫の中身、配達用のハイエースまで何から何まで差し押さえられて、すっからかん」

求職中の男の財布を少しでも助けようと、この話を持って来た同僚の意図はこれで理解できた。だが、いくら何でも無責任ではないか。

「お店が廃業って残念でしたね。地域の人たちにも惜しまれたでしょうに」

岐阜市の盛り場を少し外れたあたりの住宅街の落ち着いたたたずまいを思い描きながら、翠は当たり障りのない受け答えをする。

「いや、地域の客になんか、とっくにそっぽ向かれてたよ」と瀬沼は肩をすくめた。

「十年以上前に大手のチェーンがやってきて、高級ブランドの酒の安売り始めたんだからたまらない。酒だけじゃなくて、米から肉からアイスクリームまで何でもかんでもディスカウントすりゃ、だれだって車でそっちに行くわ」

黒船と言いたいのか、と鼻白む思いで男を眺める。店を潰した張本人が言うことではない。

「私の地元では、同級生の酒屋がネット通販でモルトウイスキーに特化した商売を始めました。昔ながらのやり方が通用しない時代になったのでしょうね」

同年代の若社長でも才覚のある者は店を潰したりしない、という少々、意地悪い気持ちもあった。

「俺も、いつまでも昔の商売じゃだめだ、うちはブランド日本酒で行こうとあちこちの蔵元を飛び回ったこともあったんだけどな」

「やはり難しかったですか」

「親父が、さ」と瀬沼は苦笑した。

「その何とやらという銘酒だの、純米酒だの、吟醸酒など、うちの客のだれが飲む、と。地元の飲み屋にきちんと酒を卸して、酒だの醤油だの生活に必要なものをどんな山の中にでも届けてやって、うちはそういう地道な商売をしてきた。客用駐車場などいらん、品揃えを変えるなど俺の目が黒いうちは許さん、と、今年の元旦早々、親子できったはったの大喧嘩やらかした」

「お父さんがずっと実権を」

ヤンキー息子に商売など任せられないと思ったのかもしれない。

「経営権、というか、俺になんか帳簿も触らせなかった」

「それじゃ瀬沼さんは何を」

「力仕事。町なかの飲み屋を回って、営業しながら配達。あんたの言う通り、それで通用する世の中は終わってんのに、親父にとっちゃ時代は止まっていた。羽振りが良くて商工会の会長やってて、みんなにちやほやされていた三十年も昔のままよ。喫茶店は残っていても飲み屋なんかつぎつぎぶっ潰れて全国チェーンの居酒屋に変わっている。町の酒屋が食い込む余地なんてどこにもない。残る客は過疎地の年寄りばかり。親父の口癖は、『うちはビール一本から配達する店だ』」

「過疎地では必要とされますよね、それやってくれるお店」

「福祉事業じゃないんだぜ。ビールならまだいいけど、サイダー一本届けてくれと山の中の限界集落の年寄りから電話がかかってくる。もともと薄利多売の商売だ。小売りの配達なんかやってたらガソリン代さえ出ねえ。まあ、うちの店は親父の代で終わりだとは思っていたけど、まさか突然、倒産とはな。たまげたなんてもんじゃない」

「不渡りでも？」

「いや」

きったはったの親子喧嘩をした正月明け、今度は父親が銀行員と喧嘩をして融資を止められたのだという。その結果、繁華街に構えていた創業八十九年の店と倉庫とその中身と、車も失った。辛うじて町外れにある自宅と軽トラ一台が残った。

長い間、担当した顔なじみの行員が異動になったのが五年前。祖父の時代から付き合いのあるその銀行とはそれまであうんの呼吸でやりとりしていたのが、担当者が変わってビジネスライクな対応をされるようになったことに父親は腹を立てていたらしい。

「そのうち頻繁に担当者が異動するようになって、親父が完全にキレたのは、まだ松が取れないうちに行員がやってきて、実は、と親父に切り出したとき。そろそろ引退して息子に経営権を譲らんか、と。なんで銀行がそんなことにまで口出しするか、と、親父は爆発した。行員に殴りかかったのを俺とお袋で羽交い締めにして止めたけど」

そういう家らしい。

「次男さんなんですよね」

確か同僚からはそう聞いている。

「ああ、親父は兄貴に継がせるつもりだった。兄貴は俺と違って、小さい頃から頭、良かったから、帝王学だとか何だとか親父がほざいて、本人が行きたいってんで外資系の会計事務所なんかに就職させたのが間違いのもとよ。ロンドン赴任の辞令が出たら、喜んでほいほい行っちまってそれっきり。挙げ句にパツキンの嫁さんと青い目の息子だ」

話をしながら瀬沼は車を浜名湖サービスエリアに入れる。

手洗いから戻ってくると、さきほどの見事な朝焼けが嘘のように、鉛色の雲が垂れ込めている。ここに来るまでラジオでも盛んに台風のニュースを流していた。

朝食の時間なのでフードコートに入ったが、早朝でもあり開いている店は少ない。

「何にしますか？」

財布を手に尋ねると、瀬沼は持っていた袋から何かを取り出した。

握り飯だ。黙って翠の前に置く。

「食事については私がもつつもりだったんですけど」

唖然としてテーブルの上のものを見下ろす。

海苔も何も巻いていない、握り飯というよりラップにつつんだ白飯だ。

「時間無いんで、これ食っちゃって」

「いえ、そんな」

「遠慮はいいから」

「すみません」

慌てて自販機でお茶を買ってくる。

「これ、お母様が？」

「いや、俺が。お母様なんて上品なもんはうちに居ないし」

さきほど話題になった地元の米なのだろう、ぼそぼそしてまずい。塩もまぶしていない。中に大きな梅干しが一つ、種も抜かずにごろりと入っていた。

家業の酒屋は倒産し、求職中の三十代半ばの息子が一人、夜中の台所で飯を握る。

想像するだにわびしいを通り越し、悲惨な光景だ。

フードコートから見渡す浜名湖の絶景に見入ることもなく、湖上に垂れ込めた鉛色の雲を心配する余裕もなく、握り飯をお茶で流し込むようにして車に戻る。

台風がひどくなる前に実家で米を積み込み、岐阜まで帰らなければならない。

駐車場に戻ると、曇り空とはいえあたりがすっかり明るくなった中、荷台をグリーンのシートで覆った古びた軽トラックはいっそうみすぼらしい姿をさらしていた。

「リアエンジンリアドライブ、田舎のポルシェだ」

瀬沼は軽くボディを叩くと素早く乗り込む。

さきほど蹴られた助手席側のドアには小さなへこみができている。確かにこれはすぐに板金屋に持って行って手当てしなければならない。なけなしの軽トラに手痛い出費だ。喝上げたのもわかるような気がした。

道に出る前にガソリンスタンドに寄った。

リッターあたりの価格を見ると一般道のセルフスタンドに比べてずいぶん割高だが、片道五百キロ近いドライブでは高速道路上のどこかで給油しなければならない。

それで思い出した。デイパックから封筒を取り出し、瀬沼に渡す。表書きに「ガソリン代、高速代」と書いてある。

瀬沼は拝むような格好で受け取ると中身を確かめ、スタンドの従業員に金を払った後、さりげない様子で一万円札を一枚、こちらに戻して寄越す。

「えっ、なに？　やめてください」

驚いて片手を振る。

「こんなにかからねっし」

「とんでもない」

車を蹴飛ばした青年から有無を言わせず弁償金をむしり取らなければならないほど困窮している男に対し、運賃を値切る気はない。

「高速代、軽トラは安いんだわ。途中まで深夜割引を使えたし」

「いえ」

「ガソリン代、高速代」とは書いたが、「御車代」と同様、実費と手間賃、謝礼のことだ。返そうとするが瀬沼は「取りあえず出発するから」と取り合わず、車を出した。

途方にくれて、返された一万円札を握りしめる。

サービスエリアを出ると道は少し空いていた。走行車線の車もかなりのスピードで流れている。相手は煽るつもりはないのだろうが、大型トラックにたちまち車間を詰められる。追い越されるのはいいとして、走行車線に戻る車が、突然目の前に入ってくるのはかなり怖い。

「ちょっと乗り心地悪いけど勘弁」

そう前置きすると瀬沼はアクセルを踏み込んだ。

エンジンをめいっぱい吹かして一定速度で流れる車のスピードに乗ろうというのだ。

６６０ccエンジンが再びうなりを上げた。立ったフロントガラスが風を切り、車体が左右にぶれる。

「早く金、しまって。そこの取っ手につかまっててくれ」

戻された一万円札を財布に戻し、左手でドア上部のアシストグリップにつかまる。

天竜川を越した。

三十分ほど走ると海が見え始める。

トンネルを抜けたとたんに、雲間から青空が覗いた。駿河湾の向こうに富士山が現れた。奇跡のような絶景に歓声を上げる。

それも一瞬のことで、少し行くうちに山頂から山麓まで分厚い雲に覆われてしまった。かなり不安定な天気だ。まだ雨粒が落ちてこないのは幸いだが。

沼津インターを越えてしばらく走り、午前八時半過ぎに足柄サービスエリアで再び休憩を取った。

手洗いを済ませ、眠気覚ましの缶コーヒーを自販機で買おうとする瀬沼を制し、スターバックスでドリップコーヒーをテイクアウトして瀬沼に渡す。

「さすがに東京の女は缶コーヒーは飲まんか」と言いながら財布から百円玉を数枚取り出したのを「いいです」と断りながら、「別に東京は関係ありませんけど」と付け加える。

「地元の女はこんな洒落たコーヒーなんか飲まないぜ」

「餡バタートーストと茶碗蒸しとサラダのついたモーニングが四百円で食べられれば、こんなの買う必要はありません」

瀬沼はあおむいて笑った。

「東京の女はとても入れないだろ、ああいう店」

「いえ、私のいつもの朝食です」

飲み終わるとすぐに出発した。

話題は途切れがちになった。

初対面の三十代半ばの男女二人のドライブ。

座持ちの良い男と頭の回転が早くて空気の読める女といったコンビならともかく、閉ざされた空間で四時間以上も並んで座っているのだから普通の人間なら話題も尽きる。

「すごいですね」「さすがです」「そういうことなんですね」を連発して聞き上手に徹することのできる女子力など翠は持ち合わせていないし駆使する気もない。

四十分ほどで海老名(えびな)ジャンクションの案内表示が現れる。

車線が分かれた。右は横浜、東京方面に向かう東名(とうめい)高速、左は相模原、八王子に向かう圏央道に通じる。

車は右車線を走っている。

「あの、私の家、八王子ですけど」

遠慮がちに言ってみたが、瀬沼は慌てるそぶりもなくハンドルを握っている。

「ちょっと寄っていきたいところがあるんで」

奇妙にあらたまった口調だ。

いったい何の用事があって東京都心に寄るのか。

何をしに、どこに寄るんですか、という質問を許さない、突き放した雰囲気だ。

浜名湖サービスエリアで一万円を返されたのは、こういう理由だったのだ。

瀬沼は奥二重の目を路面にひたとすえたまま、ろくな返事もしない。

うっかり口を滑らせてはいけない用件なのか。

不安げなこちらの心中を察したのか、瀬沼はぶっきらぼうな口調で「ちょっと渡したいブツがあって」と言う。

何のブツなのか。実は高額な報酬でろくでもないものをこの車で運んでいるのか。

ブツらしき物はない。ごく小さなもの。それをだれかに渡す。取引する。

紫色のツナギと金鎖と坊主頭に、嫌な想像が広がる。

やはり見た目通りの男なのか。

沈黙したまま横浜、川崎を過ぎ、東京インターチェンジで降りた。

都心界隈は電車と地下鉄でしか移動したことのない翠にとって、車窓の風景は見慣れないものだ。

どこを走っているのかわからないまま、軽トラックは幹線道路をしばらくいき、交通量が増えた頃、路地に入った。薄汚れたひどく猥雑（わいざつ）な感じの町だ。

渋谷あたりだというのがかろうじてわかる。

東京にいたのは高校生までであるし、しかも八王子だ。超堅気の両親は、娘が友達同士で電車に乗って盛り場に行くことなど許さなかったから土地勘もない。

耳、鼻、口の周りにピアスをして鎖をじゃらじゃらさせた若者、丸出しの肩から胸元にかけてシールかタトゥーか不明のバラ模様をつけている少女、怪しげな風体の外国人などが午前中から闊歩している。薄汚れた裏通りを人をかき分けるようにして進む軽トラに、通行人が不機嫌な一瞥を浴びせかけていく。

やがて瀬沼は車を風俗店や飲み屋、ラブホテルなどが軒を連ねる一隅にあるコインパーキングに入れた。

「三十分くらいで戻るんで、そのへんの店で待っていてください」と瀬沼は、軒下のテーブルで、露出過剰な女とホスト風の男がくつろいでいるカフェを指差す。

「冗談じゃないですよ、こんなところに一人なんて」

瀬沼は一瞬、戸惑ったような顔をした。

「東京の女が？」

「だから東京は関係ありません」

「ああ、お嬢様っすか」

小馬鹿にしたように言うと、先に立って坂を下りていく。古びたマンションやアパートが建ち並ぶ一帯が、盛り場の裏手にある。

一人で置いて行かれるのが心細くて付いてきたが、相手はこんな場所でその手のスジの人間相手に商売するつもりかもしれないと思うと不安がつのる。

「そこのイートインで何か食ってて」

一軒のコンビニを指差すと男は、足早に細い路地に入っていき、姿を消した。

食欲などないので、カウンターでヴェトナム人と思しき店員からコーヒーを受け取り、通りに面したスツールに腰掛ける。

赤いベストに花柄のシャツという服装がやけに目立つ老人が一人、カウンターの端でドーナツを食べている。

コーヒーの蓋（ふた）を取ったそのとき、外から『パイレーツ・オブ・カリビアン』のテーマが大音量で流れてきた。子供たちの甲高（かんだか）い歓声が混じる。

「そこの小学校で運動会やってるの」

ドーナツを食べていた老人が手や衣服についた砂糖を床にはたき落としながら苦笑いをうかべた。

「小学校？　ここに？」

「すぐそこだよ」と店の裏手を指す。

「台風が来るっていうんで、今年は中止かって話もあったみたいだけど一時間早めてやってるそうだ。かみさんが民生委員やってるんで、朝から行ってるんだよ。しかし、なんだな、陽当たりは悪いし、校庭は狭いし、子供はかわいそうだな。あたしら幼い時分はこのあたりは……」

聞き取りにくい声はしばしば「彼こそが海賊」のビートにかき消される。

飲み終わったコーヒーのカップを捨て店を出て、何とはなしに音楽の聞こえてくる方向に歩いていくと、用事を済ませたらしく瀬沼がこちらに戻ってくるところだった。

一人ではない。背後から険しい表情で何か言いながらついてくるのは、そのスジの人間ではなかった。六十代から七十代前半くらいの女だ。どう見ても堅気の。

「少しは遠慮してくださいよ。私たちには私たちの暮らしがあるんですから」

甲高い声で抗議する女を振り切るように瀬沼は早足で歩いてくる。

「そういうことですからっ」

女は一際、声を張り上げると、踵を返して戻っていく。

強請(ゆすり)かたかりをこころみて撃退されたのだろうか。瀬沼とはここで別れて、井の頭(いのかしら)線経由で八王子まで行った方がいいのかもしれない。最初から、金はかかっても業者を頼むべきだった。

そのとき瀬沼のうなだれた情けない様子に気づいた。

あおり運転の若者を脅していた強面(こわもて)男の片鱗(へんりん)もない。

「どうしたんですか」

坊主頭の男の、鋭い奥二重の目に切なげな表情が宿る。

「娘」とぽつりと言った。

「娘の運動会、見にきたんすけどね」

「お子さんが、いらっしゃったんだ……」

当然、結婚している。結婚していた、と言うべきか。

同僚の同級生というから三十代半ば。田舎のヤンキーなら小学生どころか、高校中退で働き始めた子供たちがいてもおかしくはない。

手にしたもののピンク色の包装紙が目に入った。ブツだ。娘に用意した土産を突っ返された、の図だろう。

「バアさんに追い払われた。元嫁（ヨメ）の母親」

妻とは昨年別れたと瀬沼は言う。別れた妻は仕事をしているので、学校行事などはすべて娘の祖母に委ねられているらしい。

「元妻（もとづま）さん、東京の女、だったわけですね」

結局、井の頭線を使うこともなく、再び瀬沼の軽トラに乗って八王子を目指していた。

「ま、地元に女はいくらでもいるけど、やっぱり東京の女ってまぶしいからよ」

「何が？」

「だから、着てるものも髪型も化粧も、頭ん中も」

「そうですかね」

「あんただって、おしゃれで、そりゃ一目で違うよ。やっぱり都会から来たって感じで、おーっ、となるわけよ。それで俺は失敗したんだけどよ」

出会いは、冬休みにアルバイトをしたスキー場だったと言う。

「長野のスキー場っていうのはさ、関西方面と東京方面と両方からくるわけだ、それで東京から来た女の子っていうのは、これはもう、一目で違う。あんただって俺っちの町の女を見てイモだと思うだろ」

もはや誤解を解こうという気力もなくなった。

「それで夜、スノボー持ってゲレンデに繰り出すわけだ。こちとら昼間はバイトだからやるならナイターしかないわけよ。連続ターン決めてコブ斜面をがんがん行くのを見せてやれば女はイチコロよ。岐阜の田舎から出てこようと、名古屋の専門学校生だろうと」

冬はスノボー、夏は大型バイクで口説き、彼女の大学卒業を待って結婚した。

「田舎の次男坊ってことで、あっちの親もOKしたんだぜ。何せ元嫁は女きょうだいの一番上だったから」

そのために東京で就職し、東京の狭い公団住宅で十年近く暮らしていたのだ、と言う。

「てっきり、ずっと地元だとばかり」

「まあな。メンタル、地元だから」

東京では大手外食チェーンで働いていたらしい。

「現場、ってか、店長。社員は俺一人、あとはバイトだけ」

ブラックな上に将来性もまったくない会社に嫌気が差した頃、岐阜の実家から帰って来いと頻繁に電話がかかってくるようになった。

店を継ぐはずだった兄は外資系会計事務所に就職したそのときから、すでに地方の小さな酒屋の店主として地元に戻る気などなかったのだ、と瀬沼は言う。

　そうこうするうちに父親が軽い心筋梗塞で倒れ、リハビリ期間が終わるまで店を手伝え、と言われ、妻と娘を東京に残して実家に戻った。その時点で、ブラックな外食チェーン店は退職したから、家業を継ぐ覚悟はできていた。だがその覚悟と決意を妻子に伝え損なった。

　退院してきた父の鶴の一声で店舗ビルが改築され、そこに新居を構え、東京の妻子を呼んだ。

「嫁にとっちゃ青天の霹靂(へきれき)だ。あんな田舎に引っ込むとは思わなかっただろうから、さ。そりゃ、怒ったさ。東京の古くて狭い公団から出て、リフォームしたての広い家に入ったけど、下の店には親父とお袋がいつもいる。そのうえ俺が地元の仲間とつるんで遊び回る。それが一番、気に食わないんだな。あのマイルドヤンキーみたいな連中、ホント、嫌なのよね、としょっちゅう言ってた」

「奥さんがキレるのもわかるわ。マイルドヤンキーがどうこうより、慣れない土地で舅(しゅうと)姑(しゅうとめ)のそばに自分を残してダンナが遊び歩いていたら」

「いや、嫁はちょっと慣れればすぐに仕切り出す方だし、親父とお袋だって東京から来た嫁なんで気を遣っていたんだけど、娘がさ……」

　ため息をついて続けた。

「登校拒否しやがった」

「不登校」と翠は言い直して、尋ねた。「いじめ？」

「いや、嫁と似て気が強いほうだから、いじめられてたわけじゃないが、とにかく同級生も先生も嫌いだと言い出した。言葉が変、においが変、みんな変、と。あんな学校になんか絶対行かないと。女の子ってのは高学年になると、自己主張もそりゃたいへんなもんだ。担任の先生と面談するのどうのと言ってる間に、とにかく合わないものは合わないんだから、この先引きこもられたりしたら取り返しがつかない、と嫁は娘を連れてさっさと東京に帰っちまった。それであっちの親も中に入って、円満離婚」

あんまり円満そうでもなかったが、と先ほどの義母の顔と口調を思い出す。

「余計なことかもしれないけれど、子供と面会するなら、お父さんは普通の格好で来た方がいいですよ」と紫色のツナギと金鎖に目をやる。

「俺にとっちゃ普通なんだけど」と瀬沼は苦笑する。

「何しろ一日中、車で配達に回っていたんだから、もうツナギしかないっしょ。ビール二百ケースとか積み下ろしがあるし。それに東京にいたときみたいにポール・スミスのポロシャツなんか着てたら、仲間うちじゃ浮いちまってしょうがない」

夫の仲間が嫌い、と言って別れた妻の気持ちがよくわかる。せめて地元の青年会議所のメンバーとでも付き合っていればよかったものを。

首都高から中央道に入り、国立府中インターを過ぎたあたりで圏央道の八王子付近が事故で渋滞していることを知った。

圏央道の八王子西インターの方が翠の家までは近いのだが、しかたなく中央道の八王子インターで降りた。

国道16号線を南下し、浅川を渡った後、20号バイパスに入り西に向かう。途中でセルフのガソリンスタンドを見つけて給油する。

「東京郊外ってこんな感じか」

ノズルをつかんだまま、瀬沼が外食チェーンやコンビニ、マンションなどの建ち並ぶ町並みをきょろきょろと見回し、独り言のようにつぶやく。

「岐阜市内の方が都会でしょ」

「の、わけないだろ。岐阜はビルの向こうにすぐ山がそびえているんだぜ」

ガソリンスタンドを出てほどなく、車が動かなくなった。道路沿いにあるホームセンターの駐車場に入ろうとする右折車で渋滞しているのだ。

ラジオでさかんに台風情報を流しており、その備えのために買い物客が殺到している。

「米、百五十キロなら五袋だ。すぐに車に積んで新東名を戻れば、そんなにひどくなる前に帰れるさ」

楽観的な言葉のわりには、あまり呑気（のんき）な口調ではない。

20号バイパスをそのまま高尾方面には向かわずに、和田峠を越えて神奈川県の相模原市に至る陣馬（じんば）街道に入る。

正面に奥多摩の山々を望む街道は、近隣に小学校があるので信号が多く、橋もあって渋滞しているため、途中から裏手の抜け道に入る。

「おおっ、これが東京の田んぼってやつな」

瀬沼が感心したように声を上げる。

左手は大規模公団住宅、右手の小河川を隔て、建売住宅やマンションの間のわずかな空間に稲が植えられ、黄色く稲穂が垂れている。

「さあね……」

ついつい冷ややかに答えていた。

再び街道に戻る。

「そろそろお昼でいいですか？」

まだ十二時前だが、朝食が早くておにぎりだけだったので、翠はともかく瀬沼の方は空腹だろう。

「ああ、俺はいつでも食えるよ」

「中華でいいですか」と尋ねながら、「飲み食べ放題2980円」の大看板の出ている中華料理店の駐車場に車を入れてもらう。

周辺の工場や事業所などが昼休みに入る前なので、店内は空いている。スタッフの中国人たちが、隅のテーブルでまかない飯をかっ込んでいる。

「おっ、なんだこの値段、本当に東京か？」

定食五百八十円、持ち帰り弁当五百円のメニューを見て瀬沼が目を見張る。

「ここは東京じゃありませんから」

都心に比べて地代が安いうえに、駅から車で三十分以上離れているのだからさらに安い。メインの炒め物に丼飯、スープとデザート、さらには餃子までついた定食の量は半端ではない。あまり時間もないので翠もせっせとかっ込む。

瀬沼が、ふと不思議そうに尋ねた。

「増島さん、岐阜に親類とかいるの？」

「いません」

「俺みたいに岐阜の人間が東京に出てくるならわかるが、何でまたわざわざ東京の女が岐阜に引っ込むよ」

「女だからここから出て行ったの」

「嫁に行くわけでもないのに」

説明するのも面倒だ。いずれわかる。

会計を済ませて店を出た後は、隣の八百屋に行き、店先のバケツに入れられている花を一束買った。

「何するの、花なんか」

「実家の墓参り。わるいけど、ちょっとだけ付き合ってもらっていいですか？」

「もちろん。良い心がけだ」

増島家の菩提寺である東蓮寺に向かい、街道を奥へとひた走る。ほどなく北西に向かう枝道に入った。

「東京でこれって、ありかよ？」

瀬沼が驚きの声を上げる。

住宅開発から取り残されたかつての丘陵地や里山を縫って走る道の両脇は林だ。その林が切れると斜面に開かれた小規模な畑や水田などが現れる。

「はい。ここも東京ですが何か？　なんで女の子を大学にやるんだ？　と法事のときに親類の親父が真顔でうちの親父に尋ねた。そういう世界」

「俺らの方がまだ開けてるぞ。農家や商店会のバカ娘だって普通に大学に行ってるし」

「父は黙々と米作り。隣近所と親類が世界のすべて。で、選挙と農協の会合のときは仕切っていたけど、家じゃ祖父母に何も言えない人。母は役所勤め。正職員でフルタイム」

「すごいな。パートじゃなくて正職員か、役所のおばちゃん職員は高給取りだからな」

「高給取りでも自分の振り込み口座の判子やカードにもさわらせてもらえない。家計は祖父母が握っていたから」

「昭和の農村か？」

「昭和から平成の初め頃の話。はい、この道、入って」

細道を上がり切った高台に東蓮寺はある。

まだ秋の彼岸までには間があり、境内は閑散としている。

車を降り、花と携えてきた線香の入ったデイパックを手に参道を登る。本堂あたりで待っていてくれればいい、と言ったにもかかわらず、瀬沼はついてきた。

この寺にある増島家の墓の敷地は大きい。苔むした古い墓石の隣に、もう一基、祖父が亡くなったときに兄が建てた新しい墓石もある。兄の新盆に訪れてからさほど日が経っていないので、墓石はまだ比較的きれいだが、周りには雑草が生い茂っている。

鎌がないので手で取っていると、瀬沼が手伝ってくれた。

新しい墓石の側面を見ると亡くなった人々の命日が刻まれている。祖父母、親、子と必ずしも世代順に亡くなっていないことに理不尽さを感じる。

「『うちは嫁に野良仕事をさせない』が祖母の自慢だったのよね」

花立てをすすぎながら翠は言う。

「へぇ、良いばあちゃんだったんだな」

「ええ。役所勤めの嫁なんか農家のＡＴＭだからね。職場から帰るなり台所に立つの。交代して祖母はこたつに引っ込む。母は職場の忘年会どころか歓送迎会に参加するのもＮＧ。残業で遅くなるのもダメだから、繁忙期は書類を持ち帰って真夜中に仕事。もちろん就業規則では禁止だけど、昔は田舎の役所じゃ既婚の女なんてみんな似たような事情だったから、見て見ぬふりしてたみたいよ」

墓石の線香を入れる窪みに溜まった落ち葉や埃を取り除き、水ですすぐ。

「本当に東京の話かよ」

瀬沼はまだ石の間の雑草を抜いている。

「だから東京のはずれにはそういう世界があったのよ」

墓石をざっと拭き、花の長さを揃えて花立てに入れる。

「山一つ隔てた住宅地じゃ新住民が子供のお受験に血道を上げてるけど、こっち側は身の丈に合った人生をおくれ、って。何しろ、あの文科大臣の地元だからね。背伸びするな、が原則」

背後に回ると、建立者として兄の名前が刻まれていた。

「家が続いていくことが何より大事だから、小さい頃から兄貴だけが大事にされた。魚も肉も私のより大きかった、跡取りだから。すんなり大学にも行かせてもらった、跡取りだから。なけなしの金でケータイもバイクもパソコンも買ってもらった、家では草むしり一つやらなくてよかった、跡取りだから。私の方は部活の新しいユニフォームも買ってもらえない。学校から帰ったら宿題する間もなく洗い物と雑草取り。ここはアジアの農村か？昭和の日本か？」

線香を取り出しチャッカマンで火を付けようとするが、折からの風でなかなか付かない。瀬沼が体を寄せてきて風を遮る。それでも炎は不安定に揺れてたちまち吹き消される。

「高校を卒業したら地元の信用金庫に就職しろ。大学なんか行っても何もならない、人それぞれに幸せの形があるって、祖母ならともかく実の母親がどの口で言う？」

何度、やっても線香に火が付かない。兄も、祖母も、母も、娘の恨み言を聞かされて面白くないのだろう。

「ま、俺は専門学校卒だし」

「あ、そう」

憤懣をぶちまける相手を間違えた。

「人の真似して大学行ってもしょうがない、と俺も思うよ。でも兄貴くらい頭が良かったら、そうは考えなかったかもな」

瀬沼が花の包み紙を丸めると足元において火を付けた。炎が燃え上がり線香をかざすとようやく着火した。

包み紙の残り火に水をかけて消し、墓に線香を手向ける。

「中学のときに担任の教師が武蔵野市にある高校を受験しろと言ってきたのよ。けれど電車賃がかかるの、都会に出すと遊びを覚えるの、帰宅が遅くなって危ないのと、祖父母も父も首を縦に振らない。母親は連中の言いなり、一度も私の側に立ってくれたことはない。学級担任が家まで来たけど、祖父母が強気に出たら逃げた。結局、最底辺の都立高校に突っ込まれて、ダンプだらけの道を三年間自転車通学した。父も母も、先生も、大人はだれも味方になってくれないってことを十四、五で学んだのよ。だから決意したの。高校を卒業したら絶対に家を出て行ってやるって。都会に行くんだ、と」

きれいになった墓に向かい、合掌する。隣で瀬沼も手を合わせる。

はっとした。

お父さん、お母さん、この人、別に私の何でもないからね、ととっさに心の内で言い訳している。

「都会に行くはずがなんで岐阜よ？」

車に戻ると、シートベルトを締めながら瀬沼が尋ねた。

「大学が奈良だったから」

「奈良こそ、ド田舎じゃねえか」

「うちの実家の周りにくらべれば都会。学費が安いから奨学金とバイトでやっていけて、がんばれば私の偏差値でも入れた。何よりそこまで離れれば家族と縁が切れる。四年間で帰ったのは、母の葬式だけ」

瀬沼の眉間に小さく皺が寄った。

「お袋さん、もう、あそこに入っていたのか。ずいぶん早くに亡くなったんだな」

「戦死」

「なんだぁ？」

「祖父が認知症になって、仕事しながら汚れ物の後始末にトイレ掃除に家事全般。金がかかるだの、うちの恥をさらすなだのと祖母は母が役所の相談窓口に行くのさえ許さなかったらしい。それである日突然、職場で倒れてそのまま。くも膜下出血だった。父は私に大学辞めてすぐ帰って来いと言ったけど、ここで帰ったら私の人生も十九歳で終わると思ったから断固拒否。そこで父は慌てて親類縁者に声をかけて兄のお嫁さん探しをしたけど、ただ働きの介護士募集に応じる女なんかいるわけない。こんな大きな家も土地もあるのに、と父がぶつくさ言ってるのを聞いて、ああこれで兄ちゃんは一生独身だと思った」

母の四十九日を済ませてほどなく、徘徊中の祖父が用水路に落ちて死に、兄は三十を目前にようやく結婚にこぎつけた。

大学で農学を専攻した兄は、自治体主催のお見合いイベントで何やら建設的な農業論をぶち上げ、それに共鳴した就農希望の女性を口説いたらしい。だが米作りの厳しさはともかく、昭和の農村そのままの家族と地域の旧住民の人間関係に耐えられる女など滅多にいない。

気が強くて口だけ達者でも、体力の落ちてきた夫の祖母にあごで使われ、生活の隅々まで干渉されるうえに、義父の糖尿病が悪化して糖尿病性腎症を発症し、人工透析のための送り迎え、その介護までが自分の肩にかかってきたとき、兄嫁はおよそ使い物にならない昭和の家父長気質そのままの兄に愛想を尽かして出て行った。

直後に、兄からは祖母と父の面倒を見るために戻ってこいと電話があったがもちろん無視した。激怒した兄から勘当を言い渡され、それが兄と話した最後になった。

父が亡くなったとき、兄から知らせはなかった。

葬儀が終わった後に叔母が電話をかけてきて、号泣しながら、おまえは薄情者だの親不孝娘だのと口を極めて罵った。今から十年前のことだ。

「それがなんで、今になって米をもらいにいくんだ？　百五十キロも」

「兄貴も死んだから」

瀬沼は絶句した。

「今年の一月にインフルエンザで」

「それで死ぬか？　年寄りでもないのに」

「大雪が降って、車、使えなくて病院に行くのを躊躇（ちゅうちょ）しているうちに、高熱で動けなくなったらしい」

「孤独死ってやつ……」

「一人暮らしじゃなかったけどね」

父が亡くなった後、兄は認知症を発症した祖母を抱えて田畑を守っていたが、やがてどうにも生活が回らなくなり、見かねた地区の民生委員が動いて祖母を施設に入れてくれた。ようやく身軽になり、まだ辛うじて三十代であったからまともな女性と再婚も可能であったはずだが、古い農家の跡取り息子として育てられた男の、歳に似合わぬ保守的態度が災いしたのだろう、再婚相手はいなかった。

代わりに借金まみれの飲み屋の女が転がり込んできた。

布団の中で冷たくなっていた兄を発見して、警察に通報してくれたのはその女だった。

女が所用で実家に帰省していたところ、大雪で交通がマヒしてしまい、兄の元に戻れなくなった。ようやくバスが開通し、一週間ぶりに家に入ってみると兄が亡くなっていた、という話だ。

千葉県の野田に住んでいる叔母から連絡を受けて翠が葬儀に駆けつけたときには、女はいなかった。実家のステップワゴンに乗って行方をくらませた後だったのだ。家の中からは現金と祖父がもらった金杯、父が地道に買い集めた記念金貨などなどが消えており、母が持っていた流行遅れの立て爪ダイヤの婚約指輪や祖母の古びた翡翠（ひすい）の帯留めなどは残されていた。施設に入所した祖母は後を追うようにこの六月に亡くなっている。

「次々に身内が亡くなって、天涯孤独になっちまったんだ……」

同情のこもった口調で、あたかも一家滅亡の悲劇のように語られても、翠には違和感しかない。

年寄りがほどほどのところで亡くなり、次の世代に取って代わられる。祖父母と父が大切にした「家」はそうして存続されるはずのものだったが、祖父母の代がいつまでも実権を手放さなかったことで、次世代が潰れてしまったのだ。

「関係ないよ。私はもともと祖父母や父に言わせると『いずれ嫁いで人の家のモノになる』娘だったから」

「そういうもんじゃないだろ」

見た目に似合わぬまともな物言いに、「そういうもんです」と言い返して、昔の農道を舗装しただけの道をさらに奥へと進む。

「ますますすごいことになってきたな」

西の空は真昼だというのに、鉛色の雲で覆われて夕暮れ時のような暗さだ。ときおり突風が吹く。

だが瀬沼が言っているのは台風の話ではない。

「なんだここは、飛驒高山(ひだのたかやま)か？　昼神温泉(ひるがみおんせん)か？」

右手の小河川はさきほど見た公団住宅のあたりとは趣きが違う。

岩の上の紅葉(もみじ)の枝が渓流の上に張り出している。古びた橋の向こうの急斜面は、春先に大量の花粉を飛ばして都市部の市民から恨まれている杉林と、かつての入会地(いりあいち)であった広葉樹林がくっきりと色分けされて切り立ち、よく晴れた日でさえ谷間の集落を陽光から遮っている。

ひなびたを通り越して深山幽谷(しんざんゆうこく)の風情だ。

右手の斜面は、昭和の一時、リンゴが植えられていたが今はすべて切られて畑になっている。けっこうな上り坂でもあり、６６０ccエンジンは息切れ気味で騒々しい音を立てる。

蛇行する谷川を回り込みしばらく上っていくと、少しばかり地面が平らになり、川に沿って水田風景が開けた。

ここに来るまでに見た水田は、どこも稲穂が重たそうに頭を垂れていたが、ここはすでに刈り取りが終わり、切り株ばかりが残る殺風景な景色が広がっている。

街道を挟んで、生け垣の向こうに切り妻屋根に銀白色の和瓦を乗せた二階家がある。南向きのそこそこ広い玄関の並びに、長い縁側が伸びている。

二階部分の破風の裾部分が反り返っているのは、武家屋敷や寺社建築を模したものか。築百年あまりの古民家、などではない。

地価が天井知らずに上がってきた昭和四十年代の終わりに、道路拡幅工事のために市に土地の一部を売った金で、祖父がそれまであった茅葺きの家を取り壊して建てた家だ。

「ここ、うち」

その家を指さし、五葉松や柘植、椿などの植木と庭石を配した庭先に車を入れる。

「すげえ豪邸」

車から降りた瀬沼が、のしかかるような二階の破風を見上げて呆れたように言う。

「こんな家に住んでて、金が無くて娘の電車賃、払えねえは嘘だろ」

「だからそう思うのが都会人の価値観なんだよ」

「俺、都会人かぁ？」

「庭石にウン百万かけたって、どうせ人にやっちまう娘になんか、金かけられない。そういう家がまだ残っていたのよ、私の子供の頃は」

吐き捨てるように答えている。

住宅地の一戸建てを見慣れていれば、敷地も家もやけに広いが、このあたりの在来農家の標準的なサイズだ。庭石と植木の庭も、家を建て直したときに祖父が作らせたと聞いている。首都圏の農家にとっては地価が上がり、国の政策によって守られていた、それなりに良い時代だったらしい。それゆえ兄弟の多い家では苛烈な相続争いも起きたらしいが、幸い増島家ではそうした争いはなく、敷地も農地も分割されることなく引き継がれ、今年、兄の急死によって翠が相続することになった。

昭和が終わり、平成の三十年も過ぎ、令和の時代を迎えた今、相続税はともかくとして、だだっ広い家と土地にかかる多額の固定資産税が、五百キロも離れた土地に暮らす翠の肩に重くのしかかっている。

売却したい。だが、人口減少の中、住宅は供給過剰で不動産が底値の今、市街地の家土地でさえ売ろうにも値段がつかない。それがこの深山幽谷のそのまた向こうの山村の家屋敷だ。たとえ売れたにせよ、この大きな家を壊すための費用だけでも数百万はかかる。

それだけではない。さらなる頭痛の種は八百平米の水田だ。先祖が、祖父母が、父が、そして兄が、山際と小河川の間の細長い田んぼで、決して高くは売れない米を作ってきた。名産地でもなければ、ブランド米でもない。ただ食うための米を黙々と作り続けてきた。百姓なら米を作らないでどうする、という素朴極まる使命感と先祖代々ここで米を作ってきた、という自負によって。

だが兄の急死で、水田は耕作者を失った。放っておけば耕作放棄地として農業委員会の目に留まる。農地と認められず課税されたらたいへんなことになる。

解決はあまりにも簡単だ。

相続放棄すればよかったのだ。

だが、祖父や父から引き継いだ金を兄は定期預金にして市内の信用金庫に残していた。

相続放棄をするということは、それらの金についても放棄することだ。

七桁の数字を見て、翠は相続放棄の手続きをすることを躊躇した。

それ以上に、後ろめたさを感じた。

家父長的で独断専行で、妹にはこれ以上ないほど尊大だったくせに、父と祖父母には卑屈なほど従順だった兄。大嫌いな兄だったけれど、もしかすると彼にも夢があったのかもしれない。とりあえず勉強もできたし、車や機械が好きだったから農学なんかではなく、同じ大学の工学部に進みたかったのかもしれない。

工学部の大学院を出てメーカーの研究所に就職するかわりに、兄は農学を専攻し、卒業と同時に家に戻ってきて、春先だというのに首筋にびっしり汗を浮かべて耕耘機を押していた。

タオルで口元を覆い、重たいタンクを背負って消毒作業をしていた父と祖父。炎天下にくの字に曲がった腰で水路脇の草刈りをしていた祖母。

そうして守ってきた市内でももはや滅多に見ないほど広い水田を、相続放棄という形で無造作に手放していいのか。

迷ったのが敗因だ。

何か方法があるかもしれない、と思った。

親類からも「実家と田畑を売ったりしないで」、と懇願された。そのくせだれ一人税金の一部を負担するとは言わなかった。

そうこうするうちに兄や父が信頼して親しく付き合ってきた近隣の農家の主人から、どうせ機械もあるから耕作してやる、という申し出を受け、迷っているうちに相続放棄の手続きをする期限である三ヶ月が過ぎてしまった。

「翠ちゃん、待ってたよぉ」

米作りを依頼した農家の主人の妻、野沢寿子が、芋掘りをしていた斜面の畑にスコップをざっくりと突きたてると、ゴム長の音をさせながら駆け下りてくる。

夫の野沢喜一郎とは一回りも違うが、もう七十過ぎだ。それでも夫婦ともに驚くほど元気だ。

「どうもいろいろお世話になりまして」

兄が急死したときにも、葬式の折にも、岐阜にいる翠や千葉や新潟の親類が到着する前に、寿子がいろいろと動いてくれた。

「他人行儀の挨拶はいいから、上がってお茶飲みなよ、はるばる来たんだから」

そこまで言って、さきほどからちらちらと目をやっていた、全身紫、金鎖、坊主頭の男の方を指差し、「カレシ？」と不審感を丸出しにした声でささやく。

「違います、違います」

慌てて顔の前で手を振る。

野沢喜一郎、寿子の夫婦も、翠の両親同様、学歴にも文化にも縁はないが、人間としてはどこまでも堅く賢い。

「岐阜まで米を運んでくれる人。同僚の紹介で」

「ああ、そう。良い人みつけなよ。そのままじゃ真智子（まちこ）さんも孝造（こうぞう）さんも、秀（ひで）ちゃんも、心配で成仏できないから」

父母や兄の名前を出して、兄の葬式のときにも同じ説教をされた。だが今回は、だれでもいいわけじゃない、「良い人」にしときな、こいつじゃだめだ、という忠告が、瀬沼を見る視線に表れている。

「米くらい、あたしが荷造りして送ってやったのに」

「いえ、一応、ご挨拶もしたかったんで」

「ご挨拶なんて他人行儀なこと言わないでいいよ」

野沢家に行ってお茶をごちそうになる前に、まずは空き家になっている実家の内部を見ておくことにした。

素早く上がり、灯りをつける。

兄が亡くなった直後は、男の一人暮らしで手が回らなかったらしく玄関先に肥料の袋や灯油のタンクなどが無造作に置かれ、使われることのない二階にはほこりが積もっていたのだが、今は、このまま住めそうなほど整然と片付き、きれいな状態だ。

葬式後にざっと片付けたこともあるが、野沢寿子がときどき入って風を通したり、庭の雑草を刈ったりしてくれているのだ。厚意に甘えて翠は鍵を渡してある。

台風がまもなく上陸しそうなので、雨戸を開けることもなく再び玄関の戸締まりをし、軽トラックで二百メートルほど道を下ったところにある野沢家に向かう。

「これに乗って来たって？　岐阜くんだりからかぁ？」

母屋から出てきた野沢家の主人、喜一郎は軽トラックを前にして仰（の）け反（ぞ）った。

「米運ぶなら軽トラしかないっしょ」

　ハイエースは銀行に差し押さえられました、とは言えずに坊主頭をかいている金鎖の男にさほど驚いた様子もなく、喜一郎は「おたく、軽トラってのは、田畑（でんぱた）と家を行き来するもんだぞ」と車の荷台を叩く。

「まあ、上がんなよ、ご飯でも食べていきな」と先に着いていた寿子がスリッパを揃える。

「お昼は済ませてきましたので、おかまいなく。台風が来る前に岐阜に着けないとまずいので」と辞退した翠に向かい、喜一郎は瀬沼の方を顎で指し「これか？」と親指を立てる。

「いえ、違います。米を運んでくれる人」

「ほう」と半信半疑の視線でしげしげと瀬沼を見る。

　だから違うって言ってんだろ、と翠は腹の中で地団駄（じだんだ）を踏んでいる。

　野沢家の屋敷も増島家に負けず劣らず広い。こちらは一時、成金農家の間で流行ったテラスを回し、アーチを多用した洋風のモルタル二階建てだ。

　瀬沼と二人、応接間に通され、手土産の和菓子「栗きんとん」を渡した後、革張りのソファに腰掛け、床の上に広げられた何やら得体の知れない毛皮の上に足を載せる。

「すごいな」と明らかに気後れした様子で瀬沼がつぶやき、畏まっている。

金があるわけではない。が、まったく無いわけでもない。金の使い道が都会の人間とは違うのだ。

嫁の千尋がお茶とようかんを運んできた。ぽかんとした顔で瀬沼が千尋の顔を見る。

緩くウェーブした髪は金に近い茶色に染めてある。農家の嫁であるから日焼けしているが、地中海セレブのような小麦色で、ぴったりしたデニムにレース付きチュニックが、ほっそりした身体を引き立てて美しい。翠と同年代で、峠を越えた神奈川の農村から嫁いできたという話だが、兄の葬式で初めて会って、その言葉に仰天した。

「用もないのに町なかに出るなんてほとんどないですよ。農作業がないときなら、お義母さんが、いいよって言ってくれれば、子供を連れて友達とモールに遊びに行ったりするけど」

「お義母さんがいいよって言ってくれたら、ですか」

農協の女性部で、新商品の開発や直売市の運営などに積極的に取り組んでいるはずの千尋の言葉に、女性活躍社会の実像を見た気がした。

「農家って、お天気次第でいろいろやることが出てくるじゃないですか。何度も約束をキャンセルしてるうちに、昔からの友達はだれも誘ってくれなくなっちゃいましたけど。でも近くにお嫁さん仲間がいるし、今度、女性部の研修でフランス行くのをお義母さんが許してくれたし、農家の嫁と言っても昔とは違いますよ」

出ていった翠の兄嫁を評して、寿子が「今の人はこらえ性がないからさぁ」とため息を漏らしているのを聞きながら、この地域で生まれ育ったとはいえ、自分は絶対にここでは暮らせないと思ったものだが……。

千尋と寿子が台所に戻ったところで、喜一郎と肝心の話に入った。

増島家の水田を耕してもらったお礼と苗や肥料、農薬などの代金について、あらかじめ喜一郎とは何となく話をしている。取れた米の半分ということを喜一郎から提案されたように記憶しているが、増島家同様、跡継ぎがおらず、親類や親しい隣人に耕してもらっている人の話を聞くと、それに色を付けてだいたい五対七くらいの割合で、耕作者には多めに米を渡しているということだった。

そこで翠としては、収量全体の三百六十キロの内、百五十キロを自分の取り分として、二百十キロを野沢家に渡すつもりだった。

「いや、半分でいい。だが、悪いだけんども、あのとき俺が半分と言ったのは米の話じゃなくて」と喜一郎がすまなそうに頭を掻いた。

売値の半額を、払ってくれ、という意味だった。つまり米ではなく現金でくれということだ。耕作料が、金で支払われるということは、収穫した米はすべて翠のものだ。

呆然とした。

「うちの田んぼでも米を作ってるからな。横浜の次男も、目白台の娘も、ぜいたく言って持ってかないんで、よわってるんだよ。納屋にはまだ去年の米が残っているし」と喜一郎はため息をついた。

「次男の嫁なんか、『うちは米はあまり食べないんです』とかぬかしくさって、スーパーであきたこまちなんか買って食ってるんだぞ。そんな無駄金使わずに、あるんだからこれを食えと持たせてやるんだが次男までが嫌な顔してな。そっちも女一人のところに悪いんだけんど、自分の家の米だ。持ち帰って親戚に配れば、そのくらいはけるだんべ？」

野沢喜一郎に渡すつもりだった二百十キロ分の価格は、と頭の中で計算した。翠がスーパーで買う米は一キロあたり四百円前後だ。

銘柄米でもなければ、無農薬、有機で差別化したプレミアム米でもない。収量が比較的多くて手がかからない早生品種の普通米だ。そのうえ今年は夏の異常な暑さが災いし、死米と呼ばれる濁った白色の米が混じり、等級検査の結果は三等ということだ。ということは十キロあたり三千円くらいか。

「おいくらくらいお支払いすれば……」

「十キロあたり二千円てところかな」

喜一郎は指を二本立てて言った。

ということは五対七としても四万二千円だ。

八百平米近い田んぼを一年間、面倒を見て、苗も肥料も農薬もすべて買って、それがたったの四万二千円。

めまいがする。だが農協に卸せば、この等級の米ではおそらくその半分くらいにしかならないと言う。

そんな分の悪い商売に、祖父母も父も兄もなぜしがみついたのか。何とも重たい気分になる。

耕作を依頼している他に、寿子には実家の風入れや庭の草むしりまでしてもらっていることを考え、現金五万円を手渡そうとしたが、喜一郎は四万二千円でいい、と譲らない。結局、四万五千円を払うと、財布の中身はだいぶ淋しくなったが、カードがあるから心配はない。

問題は金ではない。

トータル三百六十キロの米だ。

「ぜんぜんＯＫ」

瀬沼が軽く請け合った。

「過積載は慣れてっから。うちの商売じゃ、ビールやミネラルウォーター三百箱とか運んでいたっし」

酒屋の配達とはわけが違う。これから高速道路を五百キロ走り、岐阜まで戻るのだ。それ以前に、三百六十キロの米をどうやって消費しろというのだろう。

親類に配れ、と言われても、新潟の親類とは疎遠になっているうえ、向こうはコシヒカリの本場だ。野田の叔母からは「薄情者」「親不孝娘」となじられた経緯もあり、顔を合わせたくない。

仕事をしていれば、三食自炊というわけにはいかない。昼食は弁当を作って持っていくが、それでもスーパーで五キロ入りの米を買うといつまでも残っていて虫がわいてしまうから、二キロずつ買っている。二合も炊けばゆうに二日はもつ。

三百六十キロの米。

想像しただけで頭痛がする。

それでも飼料米として二束三文で売り払ってしまうのは抵抗がある。

祖先の残した田んぼで、八十過ぎの野沢喜一郎が、手間暇かけて育ててくれた稲なのだ。需給バランスだのコスト計算だのでは割り切れない、米と米作りに対する崇敬(すうけい)の念のようなものは、家も故郷も捨てた翠の心の底に未だに根を張っている。

ガラスの掃き出し窓に雨交じりの強風が吹き付けてきた。

途方に暮れている暇はない。

律儀に手書きされた領収書を喜一郎から受け取ると、庭を隔てたプレハブ造りの納屋に行く。

耕耘機や燃料、農薬などが置かれた土間の向こうに棚が作られ、三十キロ入りの米袋が積まれていた。

中身は玄米の状態だから味の劣化もなく、このまま二、三年は十分に食べられると言う。

「これが秀幸(ひでゆき)さんの田んぼの」と顎で指し、喜一郎が積み重ねられた十二個の袋の一つを持ち上げた。喜一郎にとっては、水田は増島家のものというよりは、亡くなった兄、秀幸のものなのだろう。

「あ、自分、やりますから」

俊敏な動作で瀬沼が喜一郎の抱えた米を受け取り、納屋の正面に停められた軽トラックの荷台に置く。翠が喜一郎と金のやりとりをしている間に、荷台を囲っているあおりと呼ばれる側板が開かれ、床面にはすでにシートが敷き詰められていた。

翠も手伝おうと米の袋に手をかける。

びくともしない。

半ば意地になり、腰を入れて持ち上げようとする。わずかに動いた。

背後で、瀬沼の文字通りのバカ笑いが聞こえた。

「お嬢様には無理無理。あっちで待っててちょうだい」と翠をどかし、三十キロ入りの袋をひょいと持ち上げ荷台に移す。せめて荷台に積むのくらい手伝おうとすると、それもいらないと言う。

「素人に積まれて、ブレーキかけた拍子に米袋が運転席に激突、じゃたまらねえ」

農家の人間は力持ちだ。父や兄だけではない、祖母も農家の嫁たちもびっくりするような重さのものを一人で運んでいた。

だが瀬沼のは違う。力が入っている風には見えない。

息を荒くすることもなければ、踏ん張ることもない。かけ声もない。

菓子の袋でも持ち上げるように三十キロの米袋をひょいと抱えて運び、ブロックでも並べるように荷台に几帳面に積んでいく。

この男なら腰痛になることもなくお姫様抱っこができる、と風呂敷紫のツナギの男のきびきびした動きを、我知らずほれぼれと眺めている。

それからなんでこいつのお姫様抱っこなのだ、と自分のあらぬ想像を封じる。

翠が生まれ育った「昭和の農村」の男尊女卑と夫唱婦随の根底にあるのが、そうした純粋に身体的な男女差によるものかどうかわからないが、それでもこんなときの男の筋力には無条件に惹きつけられ、認めてしまう。

三十キロ入り袋を十二個荷台に積み、荷崩れしないように手際よくロープで止めると、瀬沼はあおりを閉じ、横殴りの豪雨にも耐えるように防水の幌をしっかり止めつけながら被せていった。

作業完了まで十五分とかからなかった。動作の一つ一つが美しいほどに無駄がなかった。

空模様がますます怪しくなってきた。

挨拶もそこそこに野沢家を出ようとすると、寿子が結婚式の引き出物用の大型の紙袋を持って来た。受け取るとずしりと重い。

「これ持ってって食べなよ。うちでご飯食べてってもらおうと思ったんだけど、もう済ませて来たっていうからさ」

朝食に続いてまた握り飯だった。大型のプラスティックの重箱が二つ、袋の底に入っている。いったいいくつ作ったのか。

「それでは少しだけいただきますので、あとはみなさんで」と二、三個だけもらって返すつもりでいると、「そんなこと言わないで全部、持っていってよ」と寿子は皺に埋った目を三角にした。

「嫁も孫も娘も、息子もちっとも食べないんだよ。今の若い人たちは、ほんの鳥の餌くらいしか食べやしない。何とかダイエットだの、米食うと糖尿病になるだの、変な理屈ばかりこねて、ご飯を目の敵にするんだから。米食わなきゃ日本人じゃないだろ、まったく」

内心ため息をつきながら、翠は重たい紙袋を受け取る。おかずが入っているという巨大なタッパーも渡されそうになり、汁が出るし軽トラなので置き場所がないから、と丁重に辞退すると、寿子はさらに機嫌を損ねたように口をへの字に結んだ。

「すみません」と再度謝った。

「こっちも、もってけや」

腰を上げかけたところに、喜一郎が四隅をしっかりテープで止めた透明なビニール袋を納屋から持って来た。

「せがれが小麦を作り始めたんだわ。国産小麦がどうとか、このへんの嫁たちがパン屋と一緒に、天然酵母だか何だか、ばかでかいあんパンみたいなものをこさえて道の駅で売り出してな。道楽みたいなことばかりやってんだぁ、若いもんは……」

できればそのばかでかいあんパンの方がありがたいのですが、とは口に出せず、ビニール袋入りの一キロほどの小麦粉をもらうが、寿子からもおにぎりを持たされているから、狭い車内に置き場所がない。

瀬沼が素早く幌の一部をはずし、米袋の間に小麦粉の袋を押し込む。

老夫婦と嫁の千尋に見送られ、握り飯の紙袋を抱えて野沢家を後にした。

助手席に乗り込んで、もらってきたその袋を膝の上に置く。

農協に出してもほとんど値の付かない米は、炊きたてなら何とか食べられるが、冷めるとどうにも水っぽくなって喉を通らない。それを握り飯にしたものなど……。

重たい。ひたすら重たい。だがいくら紙袋に入っているとはいえ食べ物を足元に置くのは抵抗がある。

あまり路面の良くない、すれ違いにも苦労するような道を下り始め、えっ、と思わず声を上げた。

乗り心地が違う。空身でここまで来たときには、ずいぶん車体が跳ねたものだが、三百六十キロも荷物を積んでしまうと、乗用車以上に安定している。曲がりくねった道でも身体が振られたりしない。シートの背が直角であるとはいえまずまずの乗り心地だ。

スマホで調べると、八王子西インターあたりの圏央道の渋滞はすでに解消されていた。

曲がりくねった田舎道を下りて、二十分ほどで圏央道に乗る。

帰りは都心を通らない分だけ早いだろう。

海老名南ジャンクションから新東名に入れば、サービスエリアで休憩や夕食、仮眠を取りながら走っても、今夜の十時過ぎには岐阜に戻れる。

　風がやや弱まったような気がしたら、鉛色の空からとうとう雨粒が落ちてきた。

　台風情報を聴こうと瀬沼がラジオのチャンネルを変えたところで、道路情報が流れてきた。

　東名高速道路の静岡を過ぎたあたりでトラック四台の絡む事故で通行止め。

「なんだぁ」と瀬沼がうなり声を上げた。

「新東名行けば大丈夫ですよね」

「地獄の大渋滞だぜ」

　吐き捨てるように瀬沼が答えて、隣の車線に入った。

「中央道回りで帰るぞ」

「はい」

　八王子から西に向かい、甲府の先から北上して南アルプスの裾を回り込み、諏訪を通過し、岡谷で鋭角を描いて方向転換し南下する。飯田、中津川をへて名古屋に至る。

　高校を卒業し、家族と親戚の反対を押し切って、奈良の大学に通うことになったあの日に、高速バスで通った道だ。

　大型のリュックサックに身の回りのものと小遣いをはたいて買ったノートパソコンを一台詰め込んで、中央道八王子バス停から深夜バスに乗った。

　悲壮な決意はなかったが、夢も大して抱けなかった。あったのは意地だ。こんな家にいられるか、身の丈の世界に埋められて窒息死してたまるか、失敗しようが転落しようが自分の人生だ、と。

そして正直なところ、生まれて初めて見知らぬ土地で一人暮らしをすることに、胸を圧しつぶされそうな不安を抱きながら、道路灯にめまぐるしく明暗が交代する夜の高速道路の防音壁を眺めていた。

その目的が何であれ、自分が生まれ育った家で、両親と祖父母、そして兄に守られてきたことは間違いない。

「世間の風は冷たい。他人なんかいざとなれば何もしてくれない。親兄弟だからこそ助けてやれるんだぞ」と幼い頃から聞かせられてきた祖母の言葉が頭をよぎった。

結果、家を出た後、他人に助けられた。大学の指導教官、奨学金を申請した窓口の担当者、友人、家庭教師先の児童の母親……。世間の風は甘くはないが、努力する学生に対して地方の風は決して冷たくなどなかった。

「なんだ？　寝るなら寝ててくれ、俺はかまわないから」

瀬沼がぼそりと言う。

急に黙り込んだので眠たいのだと誤解されたようだ。

「いえ、大丈夫」

小仏トンネルを抜けたとき、付けっぱなしのラジオから、薬物売買で逮捕され実刑が確定した女が逃走した、というニュースが流れてきた。

収監のために八王子市内の自宅アパートを訪れた警察官と検察職員の目の前で、男の運転する赤のポルシェに乗り込み走り去ったのだという。

「映画かよ」と瀬沼が笑う。「近頃の警察、たるみすぎだろ」

「真っ赤なポルシェじゃ、見つけてくださいって言ってるようなものじゃないね」

「どっかで仲間のベンツにでも乗り換えるんだろう」

笑っているうちに雨が止んだ。晴れていれば左手に相模湖(さがみこ)とその向こうの山々の緑が望めるビューポイントだが、霧で何も見えない。スピードを落とし、前の車のテールランプを確認してのろのろと走る。

「ちょうどいいさ。どうせめいっぱい踏み込んだって八十キロだ。周りの車が百キロでぶっ飛ばしていたら、危なくってしょうがない」

米三百六十キロと小麦粉一キロ、人間二人合わせて百二十キロくらいか。軽トラックは派手な排気音を立てながら進む。

談合坂(だんごうざか)のサービスエリアを通過し、出発間際に野沢家の嫁、千尋がもたせてくれた缶コーヒーを飲みながら、瀬沼はハンドルを握り続ける。

「これだけ重いとブレーキが利きにくいな」

濡れた路面をみつめ、瀬沼がぼやく。

「無理せず、ゆっくり行こう」

翠は、鞄に入れてきた袋菓子を取り出し、中の小袋を割いて片手でつまめるような形にして瀬沼に差し出す。

「お、わるい」

真っ白な歯でばりばりと、その駄菓子のようなものをかみ砕く音がする。

風体とは正反対な、健康的で健全な音だ。

奈良に出てから一年ほどして、初めて恋人ができた。同じ大学の一年先輩だった。

彼の車で京都の田舎や琵琶湖周辺を幾度もドライブした。

二人とも考古学や歴史が好きで、遺跡や古い寺を回る旅は楽しかった。話題が尽きることがなかった。

ただ助手席の翠が飲物や菓子類を差し出すと、「僕、運転中にそういうこと、しないから」と毅然とした口調で突っぱねる男だった。

卒業し彼が大阪の小学校で教員になり、翠が岐阜の資料館に勤めたことで、何となく疎遠になって、細々と続いていたメールのやりとりもいつの間にか途絶えた。

今年、教頭になったと、風の便りに聞いた。たぶん結婚して子供もいるだろう。

付けっぱなしのラジオから先ほどのニュースの続きが流れてくる。

逃走に使った赤いポルシェが神奈川県相模湖付近の農道で見つかったという。雨でスリップし自損事故を起こしていたが、逃走犯の女と男は姿をくらましたらしい。

「どうやって逃げたわけ？　車無しで」

「あちこちにその筋の者がいて拾って匿ってんだろ」

「それに交通事故でしょ、怪我とかしなかったのかしらね」

「俺の車乗ってりゃ、スリップ事故くらいじゃ大丈夫よ」

　とんちんかんな答えが返ってきた。

「何たって、これがついてるから」と首から下がった、赤っぽい金色の派手な鎖に付いているやはり金色のペンダントヘッドを片手でぶらぶらさせた。

　まばゆい光に紛れてよくわからなかったが、坊主頭の男の浮き彫りだ。

「タイの護符」

「御守のこと？　それ坊さん？」とヘッドに刻みつけられたいかめしい顔の男について尋ねた。

「昔の軍人。名前、聞いたけど忘れちまった。あっちじゃこういう小さい仏像みたいなやつを首から下げて御守にするんだ。日本でもAmazonなんかで買えるらしいが、ネット通販なんかじゃ厄除けにはならない。これは俺が東京にいたとき面倒見てやったタイの若いのが旧正月に帰ったときにあっちから送ってきたんだ。郷里の寺で坊さんに俺の写真と生年月日を見せて、拝んでもらって買ったやつ。星回りからしてこの軍人が俺の守り神らしい」

「ああ……」

　何かで読んだことがある。プラクルアンと言って、神仏や僧をかたどった小仏像だ。本来は寺に行き、僧侶に祈禱してもらったものを買い、御守に肌身離さず身につけておくものらしい。

言われてみれば首回りのぎらぎら光る金鎖も並のチンピラが下げているようなものではない。香港や台北などの宝石店で、ショーケースの緋毛氈（ひもうせん）の上でまばゆく輝いている24金だ。

「その指輪も？」と竜の巻き付いたデザインのそれを指さす。

「こっちは、自分でバンコク行ったときに作ってもらった。別のタイ人が一時帰国したときに遊びに来いって言うんで付いていったんだ。元ヨメの分もペアで作ったのに、土産に持って帰ったら、見るなり、こんな趣味の悪い物、つけられるわけないでしょ、と怒鳴りやがった」

「それはわかる」

「増島さんも東京の女だもんな」

「だからそうじゃなくて」と言いかけ、ばかばかしくなってやめた。

「で、指輪は捨てられたわけ？」

「いや、元ヨメは知り合いの貴金属屋にもっていって、安っぽいピアスに取り替えてもらってきた」

金額的には大損しただろうが、自分でも同じことをするだろうと思う。

「で、瀬沼さんはタイ関係の仕事、してたの」

おそるおそる尋ねた。

ろくでもない物の密輸か、ネットを使った怪しい商売か。

「いや、東京にいた頃、外食産業と言えば聞こえがいいが、チェーン系の居酒屋でタイ人を使っていたんだ。タイ人だけじゃなくてミャンマーだの、ネパールだのから、若いやつが出稼ぎにきていた。いい加減なところもあるけど、真面目な部分は真面目だし、使えねえやつも中にはいるが、ちゃんと教えてやればそんじょそこらの日本人よりよく働く。それで妙に義理堅かったりするんだ。ところが本社の連中からみれば、外国人なんか最初から使い捨てだ。なもんで、普通の人間なら死んじまうようなシフト組ませるわ、いきなり首切るわ。そのたびに俺が本社に電話かけて、がんがん怒鳴るわけよ。課長、部長と何度、けんかしたかな。青森にぶっ飛ばすだの、冷凍倉庫に異動させるだの、脅しをかけてきたが、口先だけよ。俺以外のだれもあの現場を仕切れねえ。場所柄、半グレのガキのたまり場にされるわ、中国のヤクザは来るわ」

「退職して岐阜に引っ込むなんて言ったら、引き留められなかった?」

瀬沼は荒んだ笑いを浮かべた。

「閉店が決まったんだ。店舗数を増やしすぎて本社の業績が急降下。で、上品な場所の店だけ残して客単価を上げる方向に舵を切った。まぁ、ちょうど親父が倒れたタイミングで助かったけどな」

いつの間にか霧が晴れ、路面が乾いている。右手に、曇り空に向かってそびえる八ヶ岳が、左手に南アルプスの山並みが見えた。

八王子を出発して二時間が経っていたが、瀬沼はその手前のサービスエリアを通過し、八ヶ岳パーキングエリアに車を入れた。手洗いだけ済ませて、休むこともなくすぐに車を出す。

雨が止み、風もないが、台風はまもなく関東に上陸するらしい。まさに嵐の前の静けさだ。

三百六十キロの米を積んだ軽トラはあえぐようにその先の上り坂を走る。いくらアクセルを踏み込んでもスピードは出ない。似たような状態の過積載のトラックや重機を積んだトラックと一緒にのろのろと登っていく。

再び霧が出てきた。瀬沼は無言で霧を透かしたかなたに見える前の車のテールランプに目を凝らしている。

高度はさらに上がり、田園風景は明るい唐松林（からまつばやし）に変わる。

不意に霧が晴れたが、今度は強風が吹き始めた。ときおりハンドルを取られるらしく、ぐらりと揺れる。荷物が重いからいいようなものの空身であれば横転しているところだ。

諏訪湖サービスエリアで給油し、岡谷ジャンクションを越えて辰野（たつの）トンネルから出たときだ。

ハイウェイラジオが、伊那（いな）の先で豪雨のため法面（のりめん）が崩れ、中央道が一部、通行止めになっていることを伝えた。

「はぁ？」

「こっちも通れないの？」

「下道行くしかねえな」と瀬沼が渋い顔で舌打ちを一つした。

一般道を通り、飯田を過ぎたあたりで再び高速に戻れば、何とか日付が変わらないうちに戻れるだろう。台風に直撃される前に行けるところまで行きたい。

今日の出発が午前三時過ぎであるから疲労もピークに達している。運転している瀬沼はそれ以上だろう。それでもやや口数が少なくなったくらいで、疲れた様子はうかがえない。

伊那近辺の出口渋滞を避け、手前の伊北インターで下りた。

ところが国道153号に出る直前で、いきなり渋滞し始めた。通行止め回避の車で混んでいるのだろうと思ったが様子が違う。夕暮れ時の曇り空の下に赤色灯がいくつも点滅している。

前方に数台のパトカーが見える。

「事故？　嫌ね」と首を伸ばして様子を見ていると、「検問だ」と瀬沼が答える。

何が起きたのかわからないが、急いでいるときに限ってつまらないことで時間を取られる。

ぽつぽつとフロントガラスに雨が当たり始めた。

警察官が二人やってきた。運転席を覗き、「免許証拝見します」と声をかけられる。

その瞬間、警察官の顔が緊張するのがわかった。

坊主頭、金鎖、紫色のツナギの半グレ風の容貌に、ということではなさそうだ。

警察官の視線は明らかに翠の方を向いている。

「ちょっといいですか？」

警察官の一人が助手席の方に回って来た。

ドアを開けられた。大降りというほどではないが、雨が吹き込んでくる。

降ったり止んだり、天気はめまぐるしく変わる。

「あの急いでるんですけど。今夜中に岐阜に戻らないといけないから」

「身分証明書見せて」

警察官が集まってきた。

「無いですよ、そんなの」

ペーパードライバーだが運転免許証はある。それを家においてきてしまった。

財布から医療保険証を取り出すが、それで通してはくれない。

「顔写真がついてないけど、身分証明書に間違いありませんよ」

「ちょっと降りて」

警察官の一人が有無を言わせぬ口調で言う。

職務質問は任意であるから断ってかまわない、と聞いた。

「どういうことですか」

車から降りながら食ってかかっていた。

「積み荷は何?」

別の警察官が瀬沼に質問した。

「米だよ、何か怪しいもんだと思ってんの?」

「ちょっと見ていいかな」

気楽な言葉遣いに反して、口調が緊迫したものになっている。

「あー、俺を疑うんなら見ろよ。盗品でもなんでもない、その女の人の実家からもらってきた米、三百六十キロだ」

開き直った様子で瀬沼が車から降り、荷台に回る。

「濡れると困るんで、幌は外さないけど、いいっスよね」

確認していた警察官が、米袋の間に腕をつっこみ、何かを引っ張り出す。

ロープを一部外し、積み込んだ米袋を見せる。

顔が強ばっている。

「おい、これは何だ」

「は? 小麦粉ですよ」

他の警察官がばらばらと走り寄ってくる。

「ああ、小麦粉な」

別の警察官が険しい表情でうなずいた。

「ちょっと署まで来て話を聞かせてください」

「待ってください、どういうことなんですか」

翠がその背に向かって叫んだが、警察官は何も答えず、瀬沼を小突くようにしてパトカーの方に連れて行く。

「驚いた、こんな大量のは初めて見た」という警察官の声が背後で聞こえる。

大量？　何が？

「はい、じゃあなたも乗って」と別のパトカーに案内されそうになる。

「嫌です。これは任意ですよね、拒否できますよね」

中年の警察官が、エラの張った顔を寄せてきた。

「何なら逮捕状を取ろうか」

ヤクザ顔負けのドスの利いた声でささやかれた。

初めて乗ったパトカーで、警察官二人に挟まれて伊那警察署に着いた。

瀬沼とは別々に取調室に入れられた。

黙秘しなければならないようなことは何もしていない。

自分が岐阜市内の公立資料館に勤める地方公務員であること、この日の未明に岐阜を出て八王子の実家に米を取りに来たこと、瀬沼は米を運ぶに当たって頼んだドライバーであることを話した。そのうえで、耕作してくれた野沢喜一郎の連絡先も告げる。

その最中、事情聴取をしていた警察官の前で内線電話が鳴った。

「何？　小麦粉？」

憮然とした口調だ。

舌打ちを一つして受話器を置くや否や、再び呼び出し音が鳴る。

「身柄確保？　わかった。ああ、そう、まあいい」と苦虫をかみつぶしたような顔で受話器を置いた。

収監を逃れて八王子のアパート前から男の運転する真っ赤なポルシェで逃走した覚醒剤女と、翠の年格好や服装が似ていたために間違えられたのだ。

米袋の間に隠されるように押し込まれた約一キロの小麦粉が決定的な役割を果たした。

三十分後、ろくな説明も言い訳も謝罪の言葉もないまま、「どうもご苦労様でした」という言葉で、翠は警察署を送り出された。

「ざけんな、ばかやろ、税金泥棒が。このままで済むと思うなよ」と毒づきながら瀬沼がエントランスの自動ドアを一つ蹴飛ばして署の階段を降りる。

軽トラは警察署の駐車場に停められていた。その幌を瀬沼がしっかりとかけ直す。

「おっし、行くぞ」

職務質問と事情聴取で、思いの他時間を取られた。

日はすでに落ちてあたりは真っ暗だ。風雨が強まっている。

　スマホで道路情報を調べる。中央道伊那、飯田間の通行止めは、当然のことながら解除されていない。

　頼みもしないのに最新ニュースが画面に侵入してきた。

「八王子の逃走犯長野県岡谷市内で逮捕」の文字が現れる。

　報道によれば、八王子のアパート前から逃走した女と連れの男は、国道20号の抜け道を使い西に逃走中に、相模湖周辺の山中でカーブミラーにぶつかる自損事故を起こした。車は大破。だが二人とも大した怪我は負っていなかったために、現場から徒歩で逃げた。たまたまその近くの農地に軽トラが鍵のかかっていない状態で置かれていたのを見つけて乗り込み、相模湖インターから中央道に乗った。そこから岡谷まで走り、一般道に降りて、市内のガソリンスタンドで給油しているところを逮捕されたらしい。

　軽トラの男女二人組ということで、当然のように検問にひっかかったのだ。

　運が悪いと言えば運が悪いが、瀬沼の風体がもう少しまともであれば荷物までは調べられなかった。白い粉が出てきたところで小麦粉以外には見えないはずだった。

「しかしよ、あれが本物だったら、いったいいくらくらいになるんだろな」と瀬沼が視線を泳がせる。

「知らない」

「ハワイに別荘買って、一生遊んで暮らせるな」

「瀬沼さん、薬物とかに関わったことは？」

恐る恐る尋ねる。

「ない。俺、そういうの嫌いだから」

意外なほどきっぱりした口調だ。

「クラブで友達にすすめられたことがあったが、冗談じゃねえと断った。仲間には中坊の頃からシンナーやってるやつとかいたけど、ああいうのは真性バカ。俺、フィリピンの何て言ったっけ、大統領」

「ドゥテルテ」

「そう、俺、あの大統領、尊敬してるんだ。ヤク中なんかぶっ殺さなければ治らないもんだからな」

「そういうものじゃないでしょう」

「いや、そういうもんだ。友達もそれでずぶずぶになった。ぶん殴ったたって蹴ったたって、絶対にやめなかった。嘘つくも人を騙(だま)すも平気でやる。人間以下になっちまうんだ」

いったいどういう世界を渡ってきた男なのか。

それとも自分が東京の片隅にタイムカプセルのように残された昭和の農家から、奈良、岐阜に出てきた後も、常に堅い人々との付き合いしかなく、逸脱した世界を知らずに生きて来たということなのか。

豪雨の中を西南方向に向かう。

車にナビは付いていないから、一般道はスマホが頼りだ。

職務質問と事情聴取で時間を取られている間に台風が接近し、渦の中にしっかり入り込んでしまったようだ。

「あいつら、絶対、許さねえからな」

瀬沼がぎらついた目でハンドルを握っている。

三百六十キロの荷物を積んでいるにもかかわらず、強風に車体が揺れる。

煙るような雨の中を国道から広域農道に入る。真っ暗な畑の間に倉庫や事業所が建つ光景は岐阜羽島までの一般道と似たようなものだが、山がちな地形のせいか坂がきつい。

トラックが多いのは中央道の通行止めを受けてこちらに流れる車があるからだろう。

しばらく走ったあたりから、直線道路のアップダウンがさらに激しくなった。

うなりを上げて登ったかと思うとスキー場のゲレンデのような下り坂になる。両脇は畑ではなく水田だ。さらに下る。水しぶきを上げて冠水した道を走り抜け、上りに転じて胸をなで下ろす。

スマホの地図だけでなく、カーナビゲーションシステムも同様だろうが、画面に道路の高低差は表示されない。広域農道はただまっすぐな線として示されるだけだ。

再び道は下りにかかり、川に沿った道の頭上に橋がかかっているのが見えた。天然のアンダーパスだ。

「うわ、やべ、やべ、やべ」

瀬沼がスピードを落とした。ヘッドライトに照らされた前方の路面がきらきらと光っていた。冠水している。

今度は水深が深そうだ、というのが何となく知れた。スリップしながら、それでも水に突っ込まず停車した。

ギアをバックに入れ、瀬沼は血走った目でハンドルを切る。切り返して来た道を戻るしかないと判断したようだ。

そのとき後ろからきたコンパクトカーが反対車線にはみ出て、のろのろと追い越していった。

「あ、行くな、ばか」

瀬沼が叫ぶ。

水しぶきを上げて乗用車が坂を下っていく。タイヤがほぼ水没しているのに気づかないようだ。

次の瞬間、車は停止した。車の前方がつんのめったように水に沈んでいる。

翠はとっさにスマホを手にしていた。

二度と関わりになりたくないと思った警察に電話をかける。

「はい、警察です、事件ですか事故ですか」

「水没です、道路が冠水して」

「出られますか?」

「いえ、前を走っていた車です」

「そちらの場所を言ってください」

「わかりません、ええと、広域農道です……」

スマホで現在地を確認しようとして、電話中ではそれもできないと気づく。

「そっちでみつけてください。これGPS入ってますから」

「ああ、しょうがねぇ、愚図が」

瀬沼がうめいた。

濁流にコンパクトカーが流されかけているのだ。

「わるい、靴下脱いでくれ」

とっさに言われて意味がわからない。

「だから、その靴下くれ。俺のは短くて使えねえ」

わけがわからないまま、履いていた化繊のハイソックスを脱いで手渡す。

車を出た瀬沼は道ばたに転がっているこぶし大の石を一つ拾い、ハイソックスに入れた。

足首まで水に浸かり坂を下りていく。たちまち水は膝くらいまで来た。

「危ない。流される」

手にしたスマホを座席において翠も車を降りる。

「来るな、水路に落ちるぞ」

瀬沼が振り返り叫んだ。

シャワーのような雨が身体に降り注ぐ。

足底で路面を探りながら近付いていく。

コンパクトカーの窓ガラス越しに、悲鳴が聞こえてくる。

暗い内部で、女が半狂乱になって窓ガラスを割ろうとして何かを叩きつけている。

子供の泣き声がする。

瀬沼はドアの取っ手に手をかけ、開けようとするが水圧で開かない。

「おい、外から窓、割るぞ、離れてろ」

一瞬、車内の騒ぎが静まった。

瀬沼はハイソックスの端を持ち、体を幾分反らせると、詰めた石をガラスに叩きつける。

割れない。もう一度やると反動で自分の方に石が飛んでくる。

「痛え痛え」と悲鳴を上げて腕をさすっていたが、懲りずに、叩きつける。

ガラスにひびが入った。さらに何度も叩きつける。

割れた。

「よし、子供が先だ」

チャイルドシートから外された幼児の上半身が助手席の窓から出された。

闇の中で火が付いたように泣いている子供の脇に手を入れ、瀬沼が引っ張り出し、翠に渡す。

「ああ、荷物なんか中に置いとけ、ガラス、気をつけて」

何か震え声で叫んでいる若い母親に瀬沼が手を貸して脱出させる。

ぐずぐずしている暇はない。足元の水が深くなっていく。

翠は子供を抱きかかえ坂を登る。

「すみません、すみません」という子供の母親の声が背後で聞こえる。

軽トラックのところまで登ると、瀬沼は座席に置かれたままになっている翠のスマホを手にして、母親に渡す。

「家族いるんだろ、自分で電話して迎えに来てもらえ。この車には乗れないから」

定員は二人、荷台には米が載っている。

「ちょっと貸して」

脇から手を伸ばし、翠は素早くスマホのロックを解除しダイヤル画面を出して女に戻す。

女が躊躇しながら電話番号をタッチし始めたとき、サイレンの音が聞こえてきた。ヘッドライトとともに赤色灯が近付いてくる。先ほど翠が通報したので警察が来たのだ。

「わるいが、行くぞ」

スマホを女の手からひったくると、瀬沼は降りしきる雨の中に女と幼児を残したまま、車に飛び乗った。

「待ってください」

ずぶ濡れの体で翠がシートベルトを締めていると、母親が必死の形相で運転席の窓を叩く。

「あとはおまわりに頼んで」

窓を開けてそう怒鳴ると、瀬沼は忙しなくハンドルを切り返し車の向きを変える。

「すいません、名前だけでも教えてください」

女の叫び声が聞こえた。

「岡田准一！」

「はぁ？」

バックミラーに映った女の姿に一瞥もくれず、瀬沼はアクセルをふかす。パトカーとすれ違った。逃げるように走り去る。

善行だろうが悪行（あくぎょう）だろうが、二度と警察に関わりたくない。その気持ちは翠も同様だ。

「だから女は嫌なんだよ。ちょっと見りゃ、水没するとわかるだろう」

ぐしゃぐしゃと水音を立ててアクセルを踏みながら瀬沼がぼやく。

「でも、格好良かったですよ」

「そうか？」

坊主頭から水滴をしたたらせ、瀬沼は何とも無防備な笑顔をこちらに向けた。

坂の上に出た瞬間、今度は強風をまともに食らって車体が揺れた。

「しっかり幌をかけ直したから米は大丈夫だと思うが」

翠としては米より自分の身の方が心配だ。

瀬沼は闇に目を凝らし、右手の山側に向かう道を探している。山中の道を通って水没を免れながら進むつもりのようだ。

「あった」

山裾を回って飯田にいたる道を翠はスマホの画面上に見つけた。

曲がりくねっているということは、さきほどのような天然のアンダーパスはないということだ。

地図上に牧場が点在することからして高地の道だとわかる。

ほどなくそちらの道に入る。

両脇の開けた暗闇は昼間に通れば、牛が草を食む緑の大地なのだろうが、嵐の夜でもあり生き物の気配などない。闇の中で柵の脇の立木の枝が大きくしなっているのが見えるだけだ。

吹きすさぶ風の中でも、荷物が重いので横転は免れているが、引きちぎられた枝や得体の知れないブリキの破片のようなものが飛んでくるので、車とはいえ安全ではない。

すでに法面崩落による通行止めの地域は抜けたが、スマホで得た最新道路情報によれば、今度は強風のために中央道は全面通行止めになっていた。

あきらめて山沿いの一般道をのろのろと進む。

牧場が切れたところに大きめの民家のようなモルタルの建物が見えた。中央に広い間口を設けた造りから町内会館のようなものだとわかる。「臨時避難所」の札が外灯の光に見えた。

取りあえず強風が収まるまで、そちらで待機させてもらうことにした。

敷地に車を入れ、玄関の引き戸を開けるとコンクリートの三和土に机を出して作業着姿の男が二人、受付をしていた。

「あれ、おたく、どこから?」と尋ねられて「岐阜から」と答えると、「ここは満杯」と男は背後の畳敷きの広間を指差す。

「これ以上、入れないから、旅行者は下の町の体育館に行って」

「それどこですか」

珍しく丁寧語で尋ねた瀬沼に向かい、「この前の道を右側に行くとまっすぐ町まで降りる道にぶつかるから」と忙しなく答え、追い払おうとする。

「道、冠水してるんですよ」

瀬沼と作業着の男の間に体を割り込ませて翠は訴える。

「とにかく住民票の無い人は体育館の方に行ってもらうことになってるんで。ここ、町内会館だから」

「二人くらい大丈夫でしょう、こんなときなんだし」と食い下がる翠の腕を引いて、瀬沼は「しょうがねぇ」と低い声でささやく。

「田舎もんが。こっちだってあんなやつらと夜明かしなんかしたくねえ」

吐き捨てるように言いながら車に戻る。

再び強風と豪雨の中に出る。

他人なんかいざとなったら何も助けちゃくれない、という祖母の言葉が久々、耳の底に蘇(よみがえ)った。

高台のせいか、眼下に市街地の灯火が見える。ということは停電はしていない。だが、先ほど通った広域農道の様子からしても、ところどころで道路が冠水しているだろう。

先ほど水没車から母子を救出したときに水の中を歩いたので、腰から下が泥水で重たい。横殴りの雨で上半身もずぶ濡れだ。

気温が高いので寒さはそれほどではないが、十月に入ってからだったら風邪どころか低体温症になっている。

市街地には降りずに山側の枝道に入った。

「温泉旅館がある。この先よ」

スマートフォンの地図を見て思わず歓声を上げた。こんな日に満室とも思えない。避難して濡れた衣類を乾かすことくらいはできるだろう。

「おー、女と二人、温泉宿か。夜中に襲ってくんじゃねえぞ」

瀬沼はやけっぱちのように笑ったが、翠が露骨に嫌な顔をするとすぐに笑いを引っ込めた。

「うわっ、だめだ」

急ブレーキをかけた車がスリップしながら進む。

ヘッドライトに照らされて、小山のような枝葉が目前に現れた。

倒木だ。大木が道路側に倒れて行く手をふさいでいた。

幾度かハンドルを切り返してUターンし、引き返す。

温泉旅館までは行き着けない。

山側に向かう道に入る。その先がどうなっているのか、スマホの地図からはわからないが、とにかくどこかで本道に戻り、飯田市に通じているようだ。

曲がりくねった山中の道をしばらく走った後、やけに整備された広い道に出た。その道が市街地とは反対方向に延びている。

「とりあえずどこかには出るだろ」

瀬沼が楽観的な口調で言うとそちらに車を向ける。

スマホ上の地図には何も表示されていない。この先の道幅についての情報もない。右手は切り立った崖だ。左側は暗くてよく見えないが、深い谷に落ち込んでいるようだ。

相変わらず雨は強く、これで路肩が崩れたら、と思うと生きた心地もしない。道幅が広いのが幸いだ。雨風になぶられながらのろのろと進んでいく。

カーブを越えた瞬間、正面に灯りが見えた。山中とも思えない平らに造成された敷地にコンクリート製の低層建物が建っている。重厚な構えからして工場や会社ではない。

会員制ホテルか企業の研修所か有料老人ホームか。よくわからないがこんなときに避難させてくれと頼んでも、追い出されはしないだろう。

敷地内に入るとタイヤがけたたましい音を立てた。ヘッドライトに照らされた地面を見るとアスファルト舗装ではない。石畳だ。

石造りを模した窓の少ない平屋の建物はいかにも強風豪雨にびくともしない堅牢そのもののたたずまいだ。

一瞬、建物の向こうに高い煙突が見えた。

「清掃工場？」

だが清掃工場に石畳はない。

外から見えた灯りはエントランスロビーの照明だった。ホテルや有料老人ホームにしては窓が少ない。

「何だかわかんないが、追い出されなければラッキーだ」と瀬沼は車寄せの脇にある屋内駐車場に軽トラックを入れる。

車体を揺らしていた風も滝のように降り注ぐ雨も、屋根と分厚いコンクリート壁に遮られ、あたりが急に静かになったように感じられた。

駐車場には他にマイクロバスと黒塗りの車が一台停められている。

「あれ……」

バックミラーに映った黒塗りの車体に目を留め、瀬沼が小さく眉を顰(ひそ)める。

そのときダークスーツ姿の男がエントランスから走り出てきた。

「すみません、何か？」

怪訝そうな顔で尋ねられた。

「ごめんなさい。これから岐阜まで帰るんですが、嵐で身動き取れなくなっちゃって。道路が冠水してて避難所までも行けないんです。少しの間、ここに居ていいですか」

翠が言うと、男は「ちょっと事務室に行って聞いてみてください」と答えた。

「駐車場に居させてもらえればいいっすから」と言いかけた瀬沼を促して、翠は車を降りる。

そのときになってロビーから漏れる薄暗い灯りに照らされた男の服装に気づいた。ただのダークスーツではない。

ポケットから何か飛び出している。白手袋だ。

「やっぱりな」

瀬沼が、エントランス前で足を止める。

「〇〇家」の札が見える。

駐車場の黒塗り車は霊柩車だった。

「斎場……でしたか」と翠がダークスーツの男に言うと、「いえ、ご葬儀の施設はないんですよ」と遠慮がちに訂正する。

建物の頑丈そうな理由がわかった。

火葬場だ。

「ご遺族とお坊さんが今、こちらに足止めされていまして。強風と豪雨でここにくる道が通行止めになっているはずですが、よく無事に登ってこられましたね。落石と法面崩壊のおそれがあるということですよ」

思わず顔を見合わせた。通行止めの表示があったのかもしれないが見落とした。

エントランスロビーを抜け、炉前室の前を通りすぎた裏手に小さな事務室があった。

定年退職後の再任用と一目でわかる七十手前くらいの事務職員が、いくつも並んだ館内モニターの前で台風情報のテレビを食い入るように見ている。

喪服の男が窓口のガラスを叩いて、中にいる男を呼んだ。

「あのさぁ、岐阜まで帰るって人が、避難してきてるんだけど、いいよね」

「しょうがあんめぇ」

くだけたやりとりをした後、事務職員の男は申請書のような書類を差し出した。

「住所と名前、書いて。それから身分証明書」

避難に飛び込んでくる人間など想定していないだろうから、申請書は単なるメモだ。香典泥棒である可能性も考えて、身分証明書を提示させるのだろう。

「はいはい、怪しいもんじゃないんで。何なら、そこに書いた電話番号に問い合わせしてください」

瀬沼は免許証を差しだす。

「ああ、ああ、ずぶ濡れだ」

事務職員は呆れたように二人の姿を改めて上から下まで眺めると、部屋から出てきてどこかに行く。

ほどなく戻ってくると「これしかないけど、濡れたの着てるよりましだろ」とタオルとともに衣服を手渡してくれた。グレーの作業着の上下、二人分だ。

焼却作業を行う職員のもののようだ。押し頂くようにして受け取った。

手洗いで着替えると肌に触れる乾いた布地の感触に、生き返った心地がした。二十代の頃なら、だれが着たかわからない、男が着ていることだけは確実な作業着を素肌に身につけるなど考えられなかった。上から下までずぶ濡れのまま、気持ち悪かろうと、身体が芯まで冷えようと自分の服で過ごしていただろうが、三十も半ばを過ぎてみれば差し出されたものをありがたく受け入れる気持ちになっている。腹が据わったとも鈍感になったともいえる。

着替えた後、先ほどの喪服の男にごく小さな座敷へ案内された。遺体が焼けるまでの間、遺族が待機している部屋だ。

襖(ふすま)一つ隔てた隣の座敷から子供たちの甲高い声と走り回る足音、大人のたしなめる声、年寄りたちの談笑する声などが賑やかに聞こえてくる。

次の瞬間、勢い良く襖が開けられた。

「あっ、だれかいるよ」

小学生くらいの男の子と女の子だ。

「だめ」と喪服姿の母親が飛んでくる。

「すいません」と襖を閉めようとするのを「あ、かまいませんから」と翠は応じる。

狭い座敷にこの日に会ったばかりの男と二人というのも気詰まりだ。

「職員さん、お茶、どうですか」と八十過ぎぐらいの女性に声をかけられる。作業着を着ているので、この台風で帰宅しそこなった職員だと思われたらしい。

座卓の回りに年寄りとその子供、孫世代の十人近い人々が集まっている。駐車場に停めてあったマイクロバスでここまで来た親族だろう。僧侶だけは別室を用意されたそうで、この場にはいない。

出がらしのお茶を飲みながら翠はここに飛び込んできた事情を簡単に伝える。

座敷の隅には遺骨と、白木の位牌、それから九十過ぎにも見える老人の遺影が置かれていた。本当ならとうに喪主の家の祭壇に収まっているものだ。

瀬沼の分も温かいお茶をもらい隣の部屋に戻ると、狭い座敷の壁に身を寄せ、座布団を並べた上に横たわった瀬沼は、軽いいびきをかいていた。毛布がわりか座布団を二枚、抱きしめるようにして腹と胸の上に置いている。

目を閉じ仰向いた顔からは、こんな場所に避難していることについての不安も不快感もうかがわれない。いかにも気持ちよさそうに眠っている。

離婚に、実家の商売の倒産に、取りあえず人生の試練を経てきているにしては、屈託も、そこから何かを学んだ様子もない。

バカだけど気を遣う相手じゃないから、という同僚の言葉そのものに見えた。

「苦労が身にならない人」と、満州からの引き揚げ者で、やけに陽気で女好きの趣味人だった大叔父について、祖母が語っていたことがある。

苦労に懲りることもなければ、それを自慢することもない。そこから学習することもない。苦労を苦労と自覚することもなく乗り越えてきてしまった。そういう人間もいる。

グレーの作業着の胸元から滑り落ち、肩先でぎらぎらと光っている護符に守られるように、瀬沼は座布団を抱いて眠り続ける。その呆れるほどに健(すこ)やかな顔を見下ろしているうちに、自分自身の抱いていた心配事も悲観的気分も薄れてくる。

座卓を挟んだこちら側に座布団を敷いて横になる。

たちまち眠気がやってきた。今日は午前二時に起きたから昨夜は三時間足らずしか寝ていない。だが眠りに落ちそうになると寒さに目覚める。毛布もなく座布団に寝るのはやはり無理なようだ。瀬沼の真似をして座布団を腹と胸に乗せる。少し温かいような気もする。

窓に吹き付ける雨音が聞こえる。隣の部屋で付けているラジオが、各地で川の氾濫(はんらん)、土砂崩れなど甚大な被害をもたらしている台風の最新情報を流しているが、その音も次第に遠くなる。

突然暗くなったのと子供の騒ぐ声で目覚めた。

「おっ、なんだ、停電か」

座卓の向こうで瀬沼が飛び起きた。

とっさにスマホに手を伸ばし、ライトを付ける。

隣の部屋でも携帯電話やスマホのライトがちらちらと動き、子供たちのはしゃいだ声が聞こえてくる。

闇の中の一時の興奮が収まった後は、奇妙に沈んだ空気が漂った。

バッテリーが切れるのを心配しているのだろう。スマホの灯りが一つ一つ消されていく。

「お腹すいた」

しばらくした頃、甲高い声が響き渡った。さきほどの小学生二人だ。

「何もないからお茶でも飲んでな」と老女の声。

「そこのお二人さん、お茶どうぞ」

きさくな声で誘われた。

スマホのライトに照らされ、瀬沼と二人、隣室の一族とともにお茶をする。

子供たちの「お腹すいた」の声が、切迫感を帯びてきた。

火葬の後の精進落とし(しょうじん)は下の町にある会館に戻って行うことになっていたそうで、この日は夕食どころか昼食も取っていないと言う。火葬場内に売店はあるが、嵐の接近に伴い早目に閉店して職員は帰ってしまった後だ。自販機の類いはあっても飲物だけだ。

「台風がどっか行ったら、おじいちゃんと一緒に帰ってご飯食べるんだから」と母親が遺影を指差して子供たちをなだめる。

座卓の上にはスナック菓子の空き袋が無造作にひねって置いてあるばかりだ。

そのとき思い出した。

「ねえ、車、開けて」

「へ？」

瀬沼が戸惑ったような顔をした。

「おにぎり」

「ああ、そう言えば」

非常灯の光を頼りにエントランスロビーに走り、停電で開かない自動ドアを瀬沼が力尽くで開ける。

駐車場の闇の中で車内に手を伸ばすと、助手席のシートの上に、ずしりと持ち重りのする紙袋があった。

今日の昼過ぎにもらってきたものだが、まだ傷んではいないだろう。

それを抱えて控え室に戻り、一族が集まっている座卓の上に広げる。

スマホのライトに、アルミホイルに包まれた厚みのある巨大な三角おにぎりが十五個ほど照らし出された。

いったい何合分の飯を握ってくれたのか。

子供二人に一個ずつ渡し、次に大人たちに勧める。

ホイルに包まれたおにぎりは、瀬沼が作ってきたものと違い、塩がまぶしてあった。

「うまい」と男の子の甲高い声が聞こえ、「おねえさんにごちそうさまは？」と母親に促され、少し照れたように翠に向かい「ごちそうさま」と頭を下げる。

「うまい」と瀬沼も声を上げる。

「ありがたいねぇ」と故人の兄弟姉妹と思しき高齢の男女がうなずく。

嫁と思しき女性が、「これ、お坊さんに」と一つを別室に持っていく。

おいしかった。海苔も巻いていない、ふりかけもかかっていない。おかずを別に用意したから、梅干しさえ入っていない。ただの塩むすびだ。

気づかないうちにお腹が空いていたようだ。疲労と心細さ、寒さが、白飯の歯ごたえと甘い味に溶けていく。

白飯と塩の相性の良さに、ただただ驚く。

炊きたてなら何とか食べられる。だが冷めたら最後、水っぽくて、雑炊かチャーハンにでもしなければ食べられたものではない。それが高校を卒業するまで食べさせられた実家の米、丈夫だけが取り柄の早生米の食味だった。

隣の野沢家の米だって大差はない。それが甘く、うまく、最上級の晩餐となって、強風と豪雨に身動きが取れないまま夜を迎えた者たちの腹と心を温めている。

米食わなきゃ日本人じゃない、という別れ際の寿子の言葉に、しみじみと納得した。

コンビニで売っているおにぎりと違い、小柄な老人の掌で握り締められた巨大なおにぎりは、米の粒がみっしりと詰まっていて見た目よりさらに分量がある。一つ全部は食べきれず、アルミホイルの上に置くと、「食わないのかよ?」と瀬沼が咎めるような視線を送ってくる。

「お腹いっぱい、もう無理」と答えると「じゃ、もらう」と手を伸ばしてきて自分の口に無造作に放り込む。

座卓の周りに和んだ空気が漂い、満足げなごちそうさまの声が聞こえる。

若者や子供、中年の人々はそれぞれスマホで台風情報を確認し始める。大型の台風は各地で予想した以上の被害をもたらしているらしい。

家族や友人知人を案じながら、後は待つしかないと諦めたのか、それぞれが座布団の上に鮪（まぐろ）のように横たわる。

非常灯の薄明かりの中、手洗いに行くという子供たちに大人が付き添う。

そんな家族親族の姿を、片隅に置かれた老人の遺影が穏やかに眺めている。

闇の中で夜明けを迎えるだろうと覚悟を決めて、再び座布団の上にごろりと横になったとき、稲妻のように瞬いて蛍光灯がついた。意外に早い復旧に、ほっとした空気が流れる。たとえ眠るにしても、火葬場の闇の中でというのはさすがに薄気味が悪い。

ほどなく電気ポットの湯が沸騰する音が聞こえてきた。

子供たちは寝入ったらしく、大人たちはひそひそと故人や親類縁者についての噂話に興じる。

どれほど経った頃だろう。

騒がしいばかりの秋虫の音がなだれ込んできた。隣の部屋でだれかが窓を開けたのだ。

風の音も雨の音もない。

「行ったのか」

瀬沼が目をこすりながら起き上がった。時計を見るととうに日付が変わっていた。

スマホで台風情報を確認する。台風は関東甲信越をすでに通過して東北地方で記録的な強風と豪雨をもたらしている。

「行くか」

洗面所から帰ってきた瀬沼が、廊下の椅子にかけておいた濡れた衣服を手に戻ってきた。

「無理でしょ」

「充分寝たんで、さっぱりした」

「そういう問題じゃなくて」

いくら台風が去ったといっても、河川の水位は上がったままだ。大量の水を吸った地面はいつ崩れてもおかしくはない。

「あたりが明るくなったら下道は地獄の渋滞が始まるぞ。たぶん高速はしばらく止まったままだろうし」

「だめ、危険すぎる」

瀬沼はにやりと笑って、首から下がっている金ぴかの護符をつまんで見せた。

そんなもので崖崩れや水没や落石を免れると本気で思っているのか。

男を非難する以前に、台風が来るとわかっていながら八王子にやってきたのがそもそもの間違いだったと、自分の粗忽さを後悔する。

午前二時半、足止めされている遺族に危険だと引き留められながら、まだまったく乾いていない服を身につけて、事務室に行く。

職員に礼を述べて火葬場を後にしようとすると、やはり高齢の事務職員も「いくらなんだって夜明けまで待ったらどうだね」と呆れたように言って引き留めにかかる。そのとき重い車体が石畳を噛むけたたましい音が聞こえてきた。

ほどなくジャージ姿の五十がらみの男が現れた。

別室で待機している住職を迎えにきた息子だった。八十をとうに過ぎた父親を布団もないところで夜明かしさせるのも心配なので、雨風が止んだところで飛んで来たと言う。

「うちの車の後をついてきてください。けっこう崩れやすいところもあるんで、回り道して安全な道を行きますから」

足元のおぼつかない住職の手を引くようにしてエントランスに向かいながら、息子がてきぱきとした口調で指示した。

「よろしくお願いします」と瀬沼は礼儀正しく一礼して軽トラックに乗り込む。

暗い山道をプラドのテールランプの赤がゆっくり下っていく、その後を追う。

来たときの道とは違う。どこを走っているのかわからないが、こんなとき地元の人間の案内は心強い。

三十分も走った頃、不意にあたりが明るくなった。市街地に出た。

停電はしていない。

路肩に寄せてプラドは止まった。

住職の息子が降りてくる。

「この先の分岐を左に折れると高速のインターです。通行止めは解除されています」

瀬沼の表情が緩んだ。

礼を言って走り出す。

ほどなく緑色の看板が現れ、無事に中央道に乗った。

「助かった」

瀬沼は吐息をついた。

「このまま中津川まで下道使ったらとんでもない山ん中、走るようだったぜ」

速度規制はされているが、とりあえず岐阜まで通行止め区間はない。

トラックが増えてきた。あちらこちらの配送センターで待機していたのかもしれない。

ほどなく長いトンネルに入った。普段なら気が滅入るようなコンクリートの壁と青白い灯りに、あの暴風雨の後には何となく安心感を覚えるのが不思議だ。

トンネルを出ると背後の空が淡い水色に明るんでいた。

「岐阜だ、戻ってきたぞ」

瀬沼が歓声を上げる。

自宅まで百キロを切った。

七時半を回った頃、台風一過のぎらつく朝日の下、名神高速道路の岐阜羽島インターを降りた。

遂に岐阜市内だ。

「うわ、やられてる」

瀬沼が声を上げる。昨日の未明、金色に実った稲穂が頭を垂れていたであろうあの広々とした田んぼの厚みが無くなり、泥色に波打っている。水を被って、稲が一面、倒れているのだ。

「こっちの方、ずいぶんひどかったんだね」

「もともと長良川（ながらがわ）の河川敷だからな」

泥水を被った稲穂は収穫できたにしても食べられるかどうかはわからない。場合によっては刈り取らずに立ち枯れさせるしかないかもしれない。ここまで育てた人々の苦労が思いやられる。

十五分ほどで翠の住んでいる賃貸マンションのエントランス前に着いた。

「ゴール！」

「やったぜ」

エンジンを切ってどちらからともなくハイタッチした。

ほっとしたというより、何ともいえない達成感を味わっていた。

あとは管理人から台車を借りてきて、米を荷台から下ろし、三階の自室に運び上げるだけだ。

瀬沼が俊敏(しゅんびん)な動作で運転席から降りる。

積み込み同様、荷下ろしも瀬沼はさほど重そうな顔もせず、手際よく済ませてしまうだろう。

アパートではなくエレベーター付きの賃貸マンションに住んでいたので助かった。

だが、あらためて荷台を見て途方に暮れた。

「どうするのよ、こんなに……」

当初の計画では持ち帰るのは百五十キロのはずだった。だが今、荷台に積まれているのは三百六十キロの米だ。三十キロ入りの紙袋が十二個。

「食えばいいだろ。玄米なんだから古米になろうが、古古米になろうが、ビンテージになろうが、虫はつかないんだからよ」

グリーンのシートを外しながら瀬沼が言う。

「そうじゃないの。うち、1Kなのよ」

悲鳴のような声を発していた。

二十二・五平米、岐阜大学のキャンパスから徒歩十分。もう十五年も社会人をやっているというのに、独り身でもあり、完璧なセキュリティと小ぎれいな図書室、月五万円の家賃が気に入って、女子学生向けマンションに住んでいる。

狭い自室の床のどこにそれほどの米を置こうというのか。

「米袋の上に布団敷いて寝てろ」

瀬沼が鼻先で笑う。

「ベッドです」

米袋を積み上げたとして足を下ろすスペースもなくなる。

何だって、こんなものを残していったんだ、兄貴……。

逃げるに逃げられない現実が、実家の呪縛そのものに見えてくる。

外しかけたシートを瀬沼が手早く元に戻す。

「乗れ」

瀬沼は再び運転席に戻る。翠が助手席に乗ると同時にエンジンキーを回して発進する。

「うちの倉庫、使え」

「倉庫って、差し押さえられたんじゃ……」

「店舗ビルの倉庫は差し押さえられたけど、実家の倉庫があんのよ。土蔵だけど」

「ありがとう、助かった、本当に」

「五キロずつ、ＪＡの精米機で白米にして届けてやる」

願ってもない申し出だった。ということは、この男とこの先、ずっと縁が続く。これきりにならないことが、今となっては何となくうれしい。

恋のわけはない。友達というのも嘘臭い。あえて言えば戦友か。

「それじゃ瀬沼さんの家でも食べて。私一人で三百六十キロは無理」

「うちだって親類連中からどかどか来るんだぜ、まずい米がよ」

　確かにそうだった。

　弁当まで含め一日三食として二合も炊けば余る。何より、馴染みの喫茶店で取る餡バタートーストと茶碗蒸しとプチサラダのモーニングサービスは、独身女のささやかな楽しみだ。

「いっそ、おにぎり屋でもやるか、俺と」

　冗談とわかっていても、その馴染んだ口調に少し戸惑った。

「冷めたらまずいよ、うちの米。火葬場ではあの状況だからおいしく感じただけで」

　やけに真面目に答えていた。

「それよりどぶろくでも密造してみる？」

　瀬沼は一瞬、驚いたように瞬きした。

「好きだぜ、俺、その発想」

「実家の祖母が作っていたの。祖父もひいじいさんも大酒飲みだったから、嫁に来たときから姑に作らされていたらしい。酒癖の悪いじいさんでね。町の方に出かけては浅川の河川敷に酔っ払って倒れているって、近所の人が知らせてくれるの。父が子供の頃は三日に一度はリヤカーに乗せて家に連れ帰っていたって……」

　付けっぱなしのラジオから台風情報が流れてくる。

　岐阜の空は真っ青に晴れ上がり、盛夏のような陽射しが一帯を焼いているが、台風は各地に甚大な被害をもたらした後、東北地方の太平洋沖に抜けたという。

強風による家屋の倒壊、堤防の決壊、高潮……。東京都心部でも小河川が溢れた。

無意識のうちに実家のあたりの地名に耳をすます。

裏を流れる川、実家や野沢家の水田に水を引いていた一級河川が溢れた。

堤防決壊は免れたが一帯が浸水して、一部の住宅と農地のほとんどが水を被った。

息を吞んだ。

荷台に積んだ三百六十キロの米は、早生種であったからすでに刈り取った後だが、もしそうでなければ泥水に浸かり収穫は叶わなかった。たとえ収穫できたにしても品質悪化は避けられなかった。

実家の周りだけではない。銘柄米の産地の多くで刈り取り前の水田が水没している。刈り取りを終えたものの、保管していた倉庫をやられたところもある。

「今年は、米、不足するぞ……」

傍らで瀬沼がつぶやいた。そしてめずらしく生真面目な口調で付け加えた。

「心して食わないとな」

そのとき瀬沼のスマホが鳴った。道ばたに車を寄せて停める。

「はいっ、あ、どうしたよ」

地元の友達のようだ。

「わかった、家、帰って着替えたら、すぐ、行ってやっからよ。知らないやつが来ても、絶対、上げんじゃねえぞ」

言葉遣いの割には、口調がやけに優しい。ガールフレンドか。

「仕事が入った」

電話を切るとこちらを向き、白い歯を見せて笑った。

「山の上の集落に住んでるババアがさ、台風で屋根のトタンがめくれちまったんだと。ちょっとボケが回ってるから、変な業者にひっかかって屋根に乗られたら最後だ」

酒屋をしていた頃、配達に回っていた過疎地の一つだという。今は家の修繕や水路の掃除、テレビアンテナの取り付け、といった便利屋の仕事の得意先らしい。

「あ、そうか」

瀬沼は小さく声を上げて膝を打った。

「おい、米、売れるぞ。山の上の年寄り連中は米、味噌だって不自由している」

耕地はあっても、自分たちの食べる野菜を作るくらいがせいぜいなので、生活物資は他人の車に乗せてもらうか、カートを引いて幹線道路まで下り、日に四本のバスに乗って町まで買い物に行くしかないという。

「家の前まで届けるから十キロ五千円、ってどうだ」

「ぼったくりでしょ。年寄りの弱みにつけこんで」

「やっぱり三千円がいいところか？」

「おいしくないからね、うちの米」

「ノープロブレム。麦七割の飯で育ってきた世代だぜ」

　まさかと笑った。

「冗談じゃなくて、今まで行ってた引き売りのトラックも、親父さんが年取ったんで今年いっぱいで廃業になるそうだ」

「瀬沼さんが代わりに始めればいいじゃない」

「福祉事業じゃ食ってけねえわ」と瀬沼はさほど深刻そうでもなく言うと、「よっしゃ、年寄りだまくらかすか」と哄笑する。

「最低」

　市街地を抜けた。長良川を挟んで岐阜城をいただく山が見える。国道沿いのまばらな家並みの間の路地に軽トラは入っていく。

　モルタル造りの大きな民家よりも最初に目に飛び込んできたものがあった。

　なまこ壁の白の漆喰も鮮やかな、鏝絵で見事な装飾の施された土蔵が、路地の突き当たりに建っていた。

「さあ、着いた、米、下ろすぞ」

　勢いよく運転席のドアを開け、瀬沼は車から飛び出していく。

　台風一過のぎらつく陽光に、胸元の護符が朱金に燃え立った。

ボルボ

ずいぶん日の出が遅くなったのだな、と斎藤克英(さいとうかつひで)は皿を片付ける手を止め、マンションの窓の外を眺める。八月が終わり九月も半ばを過ぎると日の入りが早くなったことは日々意識するが、日の出の遅さには気づかない。

夜明け前の淡い光に向かいの住宅地の屋根や公園の緑などが鮮やかだ。光度が足りない方が物の像がはっきり結ぶ。手術が必要というほどではないが、白内障(はくないしょう)が進んだのだろう。二、三年前から炎天下では物が見えにくくなった。

ちらりと時計に目をやり、テーブルの上に残っている箸や箸置き、グラスなどをシンクに運ぶ。

以前はせめて食べ終わった皿を流しに下げるくらいのことはしたものだがな、とため息をついて一回りも年下の妻が食事を終えた後の食器を洗う。

ダイニングキッチンのコルクボードには、まだあたりが薄暗いうちに慌ただしく出て行った妻の出張行程表が貼り付けられている。

「どこで何があるかわからん。出張も旅行も遊びも結構だが、所在だけは明らかにしておけ」

　定年間際に勤めていた大手印刷会社が突然倒産し、ろくな退職金も無いまま無職になって以来、妻に養われている斎藤にとっては、それが譲れない夫婦の一線であり、亭主の沽券でもある。

　こっちは向こうの動きを詳細に掴んでいるが、あっちは出張中。こちらがどこにいるか、何をしているかなど何も知らない。

　ざまあみろ、といくぶん溜飲を下げて、すべての食器をすすぎ終え水切り籠に乗せたところで、インターホンが鳴った。

　画面にごま塩頭の丸く柔和な男の顔が映る。

「おはようございます、出られますか？」

「どうも。二分で下に行きます」

　受話器を元に戻し、古びたリュックサックを背負うと斎藤は玄関先で室内を振り返る。

「元栓、よし、換気扇、よし、ベランダ鍵、よし」

　指さし呼称は、印刷会社で安全衛生管理者をしていた時代からの習慣だ。妻に鼻で笑われても、ヒューマンエラー防止には欠かせない。この慎重さ、几帳面さがあればこそ、大過なく退職までの三十数年を過ごした。倒産さえしなければ今頃は……。

　それ以上考えないことにして、マンションの鍵を二重にロックした後エレベーターホールに向かう。

＊＊＊

「いやいや、今後のこともありますから、ここは割り勘ってことで」

伊能剛男は伝票を手に立ち上がった斎藤の手に千円札を押しつける。

「あ、そうですね。では、そういうことに」

快く札を受け取ってレジに向かう斎藤克英の後頭部の地肌が丸く光っている。

長身の斎藤の頭のてっぺんのはげに伊能は初めて気づき、子供もおらず若い妻を持っているせいか、老人じみた仕草のない斎藤でも、やはりそれ相応の歳なのだ、と感慨にとらわれた。

「はい、おつり」

支払いを終えた斎藤が百円玉を差し出すのを伊能は「やめてくださいよ、女房みたいなマネは」と笑って押し返す。

「ではお言葉に甘えて。それにしてもどうして一円単位まで割り勘にするのかね、女の人というのは」と斎藤も苦笑を浮かべて小銭を財布に収める。

上司は奢るもの、部下と女は頭を下げて奢られるもの。二人ともそうした世界に生きてきた。

もてなし、もてなされて、会社の金で飲食することも多かった。気を張った接待酒は楽しみにはほど遠いものだったが、舌は肥えた。

そのうえ伊能は勤め先の非鉄金属メーカーが新宿の高層ビルに持っている倶楽部を利用することができた。社員のための福利厚生施設というよりは、こちらもまた部長級以上にだけ開かれた建前上は接待用施設だが、家族の利用も黙認されていた。

伊能剛男が、妻とともに斎藤克英と初めて顔を合わせたのもそこだ。

妻同士が近所のスポーツジムで知り合い、その夫たちは初対面だったのだが、長年、サラリーマン生活を送ってきた二人は、そんな相手ともそつなく打ち解けることができた。倶楽部の代金はもちろん伊能が支払ったが、会社から補助が出ているから本格的な会席料理であっても一人前三千円少々だった。

別れ際に「こんな立派なところではありませんが」と斎藤克英は、次回は自分の馴染みの店に案内すると約束し、翌月には庶民的だがなかなか趣きのある居酒屋に連れて行ってくれた。そのときの代金は斎藤が持った。

その次は伊能が自社の経営多角化の一環としてスペインから輸入しているワインと生ハムを出す店に案内した。当然そこは伊能の奢りで、その次には斎藤家に招かれ、忙しい妻に代わって斎藤が作ったという中華料理を振る舞われ、十年物の紹興酒に舌鼓を打った。

プライベートな付き合いとはいえ、伊能は常に会話の端々に勤め先の非鉄金属メーカーのロゴをぶら下げていた。一方、三つ年上の斎藤は、出会ったときにはすでに退職していたが、酒にも、音楽にも、文化史にも精通しており、几帳面な性格ながら端然とした趣味人の風格を漂わせていた。

二組の夫婦が出会うとき、夫同士は、会社のロゴとディレッタントの文化が微妙に共振した。そこで生じるうなりはそう不快なものではなく、適度な距離感がむしろ心地良く感じられたものだ。

そして今、伊能剛男は星マークの会社のロゴを脱ぎ捨てた。実際のところはすでに数年前からグループ子会社に出向していたのだ。

いずれは、転籍か。社長になれるとは最初から期待していなかったが、ひょっとして平取までは、と夢を抱いて入社してから数年後、そんなことはまず無理と知らされた。

青春のロマンと言えば聞こえはいい。十八、九のはな垂れ小僧が北の大地の旧帝大にあこがれてはるばる岐阜から出ていった。充実した四年間を広々としたキャンパスで過ごした後、就職先に選んだのが日本有数の非鉄金属メーカーだったのだが、そこは激しい学閥争いが繰り広げられるサバンナだった。

旧帝大の看板を背負って入社したとはいえ少数派の伊能は、そもそもレースに参加する資格さえ手にしていなかったのだ。それでも一応、競争を勝ち抜いて部長に昇格したのが九年前。だが、その五年後には役職定年を迎え、グループ会社に出向の身となった。それでも元いた非鉄金属メーカーのロゴを自らの身から外すことはなかった。一年半前に妻を通じて知り合った斎藤克英に自己紹介したときも、彼はそのメーカーの名を最初に名乗ったし、現実に新宿の高層ビルにある倶楽部も使えた。

そうして六十一歳の誕生月を迎えたとき、伊能は再雇用の道を選ばずに退職した。その後の待遇や仕事内容が意に沿わなかったこともあるが、仕事一筋に生きてきた人生に、まだ頭と体が十分に達者なうちに一区切りつけたいという思いもあった。一人娘がようやく大学院を卒業して就職したこともそんな彼の決断を後押しした。

元居た会社の製品検査についての不祥事が発覚して大きく報道され、政官界の絡む事件に発展していったのは、その直後のことだ。

その頃、妻たちも含め四人で飲んでいた折、斎藤克英がぽつりと言ったものだ。

「伊能さん、本当によかったね。ここで辞めちゃって」

奇妙にうれしい言葉だった。

「ええ。役員で残ってる連中は、これからがたいへんでしょうね」と同期たちの顔を思い浮かべ、ため息をついてみせた。昇進に差はついても表面上は気の置けない親しい友達、という態度で、気を遣いながら付き合い続けた仲間だった。

「そりゃそうだ、彼ら、まさに戦犯だもんね」

「ええ、確かに。お恥ずかしい話ですが……」

おそらくあのやりとりがなければ、この旅に斎藤を誘ったりはしなかった。妻同士が友達というだけの、たかだか一年半の付き合いの男と、自分が青春時代を過ごした思い出の地をドライブすることなど思いもよらなかっただろう。

日が短くなってきたとはいえ、夕方も早い時刻で店を出てもまだあたりは明るい。

東京を六時前に出て、途中のサービスエリアやガソリンスタンドで頻繁に休憩を入れながら、伊能は斎藤を車の助手席に乗せてここ八戸まで七百キロを走ってきた。この先はフェリーで北海道に渡るが、船内にはオートレストランしかないとのことで、市内の寿司屋で夕飯を済ませたのだった。

駐車場に駐めてあるステーションワゴンの鼻面には、中世錬金術師たちの鉄のシンボルマークに由来するエンブレムに、紺地に銀の「VOLVO」の文字が燦然と輝いている。あらためてこれが「彼女」との最後の旅だと思うと熱い思いが胸をせり上がってくる。一緒にいられるのもあと数日。銀色のボンネットを愛おしむように一撫でし、乗り込む。助手席の斎藤が「右後ろ、よし」と指さし呼称し、伊能剛男のボルボはフェリーターミナルに向かい走り出す。

長距離ドライブは還暦すぎの体にはこたえるが、旅はこれからだ。

フェリーに乗船した後は風呂に入り、少しばかり世間話をしただけで互いにメールのチェックを済ませ、すぐに寝た。寿司屋でも船内でも酒は飲んでいない。日付が変わって夜中の一時半には苫小牧に着いてしまうからだ。

「斎藤さんは遠慮無く飲んでくださいよ」と風呂上がりのビールを勧めたが、良識家の斎藤は運転する伊能に配慮して、小瓶のビールさえ口にしなかった。

台風の余波で船はけっこう揺れたが、ほぼ定刻に苫小牧港に入り、付近のビジネスホテルで仮眠を取った後、再び車に乗り込む。

いよいよ北海道の大地だ。

助手席に乗った斎藤が無意識なのか、ミラー裏側に貼った銀色のダクトテープに触れた。

「いえ、この前、気がついたらヒビが入ってましてね。応急処置ですよ」

「外車は部品が届くまで時間がかかるそうで」

「そのへんはまあ……」

道の両脇に倉庫やら量販店が点在する真っ平らで殺風景な景色の中を二、三十分も走ると、不意に、あたりは濃淡の緑も鮮やかな原生林に変わる。都市や田園、牧草地といった人によって管理された場所と、原生林の間に緩衝地帯が無い。

多少まばらになった木々の間から、廃線となった鉄道に沿って枯れ木のように電柱が規則的に並んでいるのが見えた。錆びたレールが草と若木に覆い尽くされている。

こんな光景を目にするたびに、北海道の自然が旅人のイメージするロマンティックなものなどではなく、かつて開拓民を悩ませ、多くの命を奪った獰猛な現実なのだと実感する。

「さすがに冷えてきましたね」と傍らで斎藤がシートベルトをいったん外し、パタゴニアのウィンドブレイカーを着込む。チェックアウト寸前にホテルのロビーで見たテレビの天気予報では、低気圧の影響で十月中旬の寒さになっているということだった。

「すいませんね、エアコンの具合があまりよくなくて……」

「いやいや、とんでもない、この程度じゃヒーター入れるほどのことはないでしょう」

北欧の厳しい寒さに対応するように作られたこの車にはヒートシーターもついていたのだが、日本の冬ではそんなものは必要ない。かえって眠くなるだけなのでほとんど使わずにいたが、あるとき気づくと断線したのかまったく作動しなくなっていた。特に不自由もなくエアコンだけで過ごしてきたのだが、二十年も経つとそのエアコンも頼りないことになってくる。

ヒーターの効きが悪いのなら着込めば済むが、冷房が効かなくなったときはお手上げだった。

あれは京都にある化粧品会社の研究所に就職した娘に会うために、東名(とうめい)高速道路を走っていたときだったから、ちょうど一ヶ月前のことだ。

凄まじい残暑だった。

「いつまでこれに乗ってる気なの、いい加減にして」

助手席で妻の広美(ひろみ)が切れた。

「わかった、わかりましたよ。とにかく京都に着くまではどうにもできないんだから」

何とかしようとつまみを動かしているうちに、大きなため息のような音とともに冷気が吹き出してきた。ほっとしたのもつかの間、その冷気にガソリン臭が混じっているのに気づいた妻が悲鳴を上げた。

「やめて、爆発する」

慌ててスイッチを切った。

「大事故になるところだったのよ」

「ああ、すまん」

窓を細く開けた。トラックの排気と熱風が車内に吹き込んできた。

「最低」

広美が吐き捨てた。

「高い、図体が大きくて立駐に入らない、修理に出しても部品がない、小回りが利かない、シートが固い、やたらに揺れて乗り心地最低。いいところなんか一つもないじゃないの、こんな車。それ以上に燃費悪すぎ。今どき百円玉敷き詰めながら走る車なんて」

「五百円玉だよ」

破れかぶれで開き直った。

「こんなの乗ってるって、国賊だわ」

同い年の妻、広美の口から出た「国賊」の言葉に伊能は失笑する。だがあの二〇一一年の災害を経て省エネ意識が高まって以来、こんなバブルの遺産のような車種に乗っている者は確かに国賊、非国民扱いされてきた。

「そろそろ寿命かな」

すり切れて端が白くなった黒革張りのシートとダッシュボード、ダクトテープで応急処置したミラー、購入代の半分以上のメンテナンス費用をかけたにもかかわらず、見た目の古さに加え、心臓部であるエンジンの故障も増えてきた。

乗り換えるなら、互いの年齢を考えてもう少し小回りの利くボルボのコンパクトカーか、などと考えていると、心の内のつぶやきが聞こえたように妻の広美が冷ややかに言い放った。

「次は『軽』だね」

「冗談じゃない」

ついつい声を荒らげた。こちらをからかっているわけではない。

妻は本気だ。

頼りになる妻だ。海外赴任中はしっかり家を守ってくれた。企業戦士の父親が不在の家庭で一人娘を立派に育ててくれた。伊能の両親の面倒もそこそこ見てくれた。国内の転勤もいくつかあったが、どこに連れていっても上司や同僚の妻、近所の人々とうまくやってくれた。手取りの少なかった若い時分も、娘の教育や冠婚葬祭に金がかかるようになった中年以降も、文句一つ言わず、見事に家計を切り盛りしてくれた。

堅実な経済感覚を持つ、万事にできた妻とは、すなわち「ケチ」のことだ。

思えば二十年前、単身赴任先のタイから戻ってきて本社の部次長に昇格した折に念願のボルボを買ったのも伊能にしてみれば快挙であり、妻の広美からすれば暴挙だった。「車はおもちゃじゃないんだよ。家庭持ちが趣味の外車乗り回してどうすんのよ」と怒られた。

それから二十年、室温が四十度をゆうに超えているであろう車内の助手席で、「もう我慢できない、限界」と妻は叫んだ。

だがダッシュボードの温度計もまた壊れていて、摂氏8度を指していた。パーキングエリアで涼み、自販機で冷たい水を買い、そのときは何とか娘の住む京都市郊外にあるマンションまで辿り着いた。

この先に思いを巡らせたのは、東京に戻ってエアコンを直し、多額の修理代を支払った後のことだった。

「すまん、もう、僕には君を養えない」

傾斜地の一戸建てに半地下の形に作られた自宅ガレージで、オリジナルの塗装が経年劣化して艶を失ったボンネットに手を置き、彼は断腸の思いでその意思を愛車に告げたのだった。

高校時代の同級生である妻と結婚して以来三十数年、他の女になど目もくれずに生きてきた。単身赴任先でも出張先でも、その手の誘いはするりと躱した。おかげでハニートラップにも病気にも、離婚騒ぎにも無縁で、社内での信用も絶大だった。

外車と聞いてドライブをせがむ女もいたが、相手にしなかった。女房と娘は乗せても、尻軽女を大切なボルボに乗せる気などしなかったからだ。

ボルボは彼の夢だった。二十代の頃、急病で倒れた先輩社員の代わりにスウェーデンに出張した。上司に突然呼ばれ、「ちょっと先方に届けてくれ」と資料を渡されたのだが、それが初めての海外出張であり、初めての海外旅行だった。

勝手がわからず、とまどう場面が多く、緊張のとけない三日間を現地で過ごした後、取引先の会社の副社長から、週末のキノコ狩りに招待された。

正直なところありがた迷惑だった。薄笑いを浮かべたまま不自由な英語で仕事以外の話題を探すことを考えただけで胃が痛んだ。

ところが副社長の運転するステーションワゴンでストックホルムから二時間ほど走る間に、彼の心はほどけていき、代わりに夢が膨らんできた。未舗装の道をものともせずに走る、四角いフォルムに北欧の風格を漂わせた車。副社長の妻や子供たちとの交流、野外での食事、そして大きな窓を配した彼らの自宅の広々とした居間。北欧の食事は口に合わなかったが、そのライフスタイルと車に、曰く言いがたい豊かさと優雅さを感じ、あこがれた。

一介のサラリーマンの年収で本物のスウェーデンハウスは建てられない。だが、針葉樹の香り漂う明るい森の中を走ったあの車、地味だが品格あるボディ、革張りのシートとダッシュボード、白く清潔な内装のあの車なら頑張れば手に入る。

いつかボルボに乗る、そんな夢を抱いてひたすら働き、そこそこの結果を出した。ミレニアムの直前に買ったボルボステーションワゴンは、彼のサラリーマン人生で得た唯一のトロフィーでもある。

だが、そのサラリーマン生活が終わったとき、彼はトロフィーを手放すことを余儀なくされたのだった。

妻に家計簿を見せられるまでもない。六十一歳の誕生月に定年退職した後、年金が支給されるまでの丸二年を、失業保険と貯蓄で食いつながなければならないのだ。持ち家だから家賃はかからないが、駅まで遠い郊外の丘陵地に住まう身として車は必需品だ。金食い車を泣く泣く手放し……。

「次は『軽』だね」

妻の非情な言葉が耳の奥でこだました。

たっぷりと水をたたえて蛇行している川に沿って、明るい林の中を走る。護岸工事のなされていない川は東京ではもちろん地方に行っても滅多に見られなくなったから、川辺林の間をゆったり流れる水は珍しくもあり、心安らぐ風景でもある。

不意に視界が開け、輝く湖面が目に飛び込んでくる。まだ午前も早い時刻でもあり、支笏湖ブルーと呼ばれる澄み切ったカルデラ湖の青い色の代わりに、低い陽の光に金波銀波のきらめく華やかな景色を見せてくれる。

湖岸道路をほぼ半周した頃、目指す温泉が見えてきた。学生時代に一度だけ来た、支笏湖畔に湧く秘湯だ。

宿のフロントで日帰り入浴券を買って風呂場に向かう。

久々の朝風呂だ。退職したからこその贅沢だと斎藤と二人、笑い合う。

フェリーから降りて、苫小牧市内の宿にチェックインしたのが、この日の午前二時半過ぎ。仮眠を取っただけで八時前には出てきた。狭いロビーのカウンター前に無料朝食としておにぎりが用意されていたが、せっかくの北海道でビジネスホテルのおにぎりで空腹を満たすのもつまらない。街中には早朝から開いている魚料理のうまい食堂があるはずだ、という話になり、お茶を飲んだだけでチェックアウトした。

だがどこまでも平坦でだだっ広い大地を真っ直ぐ走る国道沿いにそんな食堂などない。店はあっても見慣れたロゴばかりだ。どちらからともなく「全国チェーンばかりですね」というぼやきが出て、半ば意地になって通過するうちに道は原生林に入り、結局何も食べないまま、最初の目的地の支笏湖に着いてしまったのだ。

北海道については任せてくれ、と豪語したものの、伊能がこの地に暮らしたのは四十年も昔のことで、しかも大学のある札幌近辺からあまり離れたこともなかったから、実はそう詳しいわけではなかった。

助手席の斎藤は、男が空腹を訴えるなんぞみっともない、と言わんばかりの取り澄ました表情で座っていた。

日帰り温泉で空腹のまま浴びる朝風呂もまたそれなりに気持ちが良かった。真新しく清潔な感じの大浴場を通り過ぎ、伊能は斎藤を促し、歩くとぎしぎし言う木造の渡り廊下を降りていく。その先に湖岸の露天風呂があった。湖と繋がっており湖の水位によって温泉の深さも上下する秘湯中の秘湯だ。かろうじて屋根があるだけの粗末な脱衣場の籠に衣類を入れ、岩で囲った湯船に足を踏み入れる。底は苔でぬるぬるし木の葉が沈んでいるが、湯は湖同様に透明だ。湖の水位が上がっているらしく、湯は胸のあたりまで来る。やや中腰になって顎までつかると、湖面の高さは目の前だ。

昨日から八百キロ近いロングドライブをしてきた体の節々は、フェリーとビジネスホテルの中途半端な眠りのお陰できしみを増している。

浴槽の縁の岩を抱くようにして湖を眺めていると凝った筋肉の一つ一つがほぐれていき、はぁーっとため息とも呻きともつかない声を漏らしている。

「いやぁ、こうしてみると世俗の雑事などまったく取るにたりないものに思えてきますね」

湖面の青、対岸の淡く紅葉の始まった木々を眺めながら伊能が漏らすと、「ええ、おかげさまで、良い冥土の土産です」と傍らで痩せた体を湯船に沈めていた斎藤が応じる。

物憂げな口調だ。

「やめてくださいよ、縁起でもない」

「いや、どうも」と両手で顔を撫でた斎藤の頭上に、湯船の上に覆い被さったイタヤカエデの木からはらりと葉が落ちた。夏から秋にかけての天候が不順なせいだろう。朱に色づくこともなく茶色に朽ちている。

これからまだ一日運転するのだと思えば、あまり長風呂も出来ず、空腹感が増してきて軽いめまいも覚え、二人とも早々に上がり食堂に向かう。

秘湯を売りにしたひなびた温泉宿の苔むした浴槽に似合わず、食堂はスイス風のしゃれた造りだ。

湖を見下ろす窓際のテーブルで、名物のヒメマスフライ料理で遅めの朝食にした。

箸を付けようとすると、唐突に斎藤が拳を突き出した。

「じゃんけんしましょう」

「はぁ？」

「これからはじゃんけんして勝った方がビールを飲む。負けた方が運転するってことでどうですか？」

「いや、気にしないで斎藤さん、飲んでくださいよ」

取り澄ました男の思わぬ茶目っ気に苦笑しながら、伊能は片手を振る。

「やはり他人に自分の車を運転されるのは嫌なものですか……」

「いやいや、そんなことはありません」

無意識のうちに失礼のない応対をしていた。

「それでしたら、じゃんけん……」と斎藤は拳を上げる。

「ぽん！」

勢いに飲まれて自分も拳を振り上げ、チョキを出す。

伊能が勝った。一瞬斎藤がグーを出し、伊能の手を見て即座に拳を開いた、というのがわかった。

じゃんけん、は昨日からずっとハンドルを握っている伊能への配慮だったのだ。その厚意をありがたく受けとめ、伊能は「いやぁ、わるいですね」と満面の笑みで応じる。

斎藤がさっと手を挙げウェイターを呼び、まもなく中ジョッキが一つ伊能の前に置かれた。

「さあ、飲んで、飲んで。あとは眠ったっていいから。どうせ一本道でしょう」

一本道ではないがこのあたりは道路標識はしっかりしているし、車にはナビゲーションもついている。

「それではお言葉に甘えて、遠慮無く」

風呂上がりの、ほどよくほどけた全身に冷たいビールが染み渡っていく。

目の前では斎藤が麦茶を飲みながら、穏やかに笑いヒメマスの刺身をつついている。

たとえ三歳の差とはいえ年上は年上なので敬語は使っているが、気の置けない男だと伊能は感じ、ふと昇進の度合いによって、表面的なやりとりに変わりはなくても心理的距離がとてつもなく開いていった同期の仲間達の顔を思い浮かべた。四十代で役員になった者、東大卒にもかかわらず係長のままサラリーマン人生を終えようとしている者、気疲れのする彼らとの疑似友人関係が終わったことに、正直なところ、ほっとしてもいる。

学生時代からの友人たちとの付き合いは、子会社に出向した一時期はやけに頻繁になったが、全員が六十を超えた今、定年延長で役職もなく会社に残っている者、役員として重責を担う者、地方の子会社に転籍した者、親の介護で早期退職した者、と生活パターンが様々で、飲みに行こうと誘うのも遠慮がちになる。

そんな中、還暦も間近になって知り合った、頭も品性も人柄も良さそうなこの男とは、この先長い付き合いになりそうな気がした。

食事をしながら習慣的にスマートフォンをチェックする。

娘からLINEが入っている。

「今、イオンモール。北山ダイニング」

写真にはバイキング料理を皿一杯に盛り上げてご満悦な様子の妻、広美が写っている。

思わずにやりとする。

「何か良い知らせですか」と斎藤が尋ねたが、画面を覗き込むような非礼な仕草はない。

「いや、娘からのLINEですよ」

もし写真が娘の自撮りなら披露していただろうが、妻の写真では見せる気もしない。

「うちの広美さんが、昨日からあっちに行ってましてね。亭主と旅行するくらいなら娘のところに行った方が楽しいって、ま、そんなもんですよ」

ボルボを手放すと宣言して数日後、広美に愛車との最後の旅をすることを告げた。一緒に行こうと一応は誘ったが、予想通り鼻先で笑われあっさり断られた。そして昨日、手料理の詰まった大荷物を抱えた広美は、最寄り駅まで伊能にボルボで送らせて京都に向かったのだった。

遠い昔、まだ態度にも言葉使いにも可愛げのあった広美は、やはり得意の手料理を伊能のアパートに運んでくれたものだった。

「いいなぁ、斎藤さんのところは」と華やかで愛嬌のある彼の妻、いづみの姿を思い浮かべる。

亭主にとっては可愛げのない妻、広美はなぜか同性には慕われる。年下の美熟女、斎藤いづみともウマが合うらしく、何がそんなに面白いのか、四人で会うたびに亭主そっちのけで双方が機関銃のようにしゃべりまくっては勝手に盛り上がり、笑い転げていた。

前回、伊能の家の近くのイタリア料理屋で食事をしていた折のことだ。

何かの拍子に女二人が同時に席を外した瞬間、伊能は思わず「あー、うるっせえ」とため息を漏らしてかぶりをふった。斎藤が下を向いて吹き出した。

そして妻たちが戻ってくるまでのわずか二、三分の静かな時間に、今回の旅行が決まったのだった。

伊能が愛車との最後の旅に、学生時代を過ごした北海道を訪れるつもりであること、妻には同行を断られたことなどを話すと、「ああ、いいですね。ちょうど紅葉の季節かな」と斎藤が応じ、土地勘のある伊能が道南、道央あたりの紅葉と近辺の観光地について蘊蓄を述べた。

「ニセコに支笏湖ですか」と斎藤が意外に鋭く反応し、「ちょうど私も来週あたり行ってみたいと思っていたところなんですよ」と応じた。連れて行ってくれというニュアンスはまったくなかったが、「私のボロ車でよければ、一緒にどうですか」とごく自然に誘っていた。

「まだ日程は決めてないんだけど、まあ、ほら、私は毎日が日曜日ですから」

退職して以来、ついこの自嘲的なフレーズが口をついて出る。

「えっ、いいの？」と斎藤は真顔になった。

「いやまあ、飛行機と違って疲れるかな……」

「いえ、それは大丈夫。それならガソリン代、高速代は私が持ちましょう」

辞退したが「今後のこともありますから」と押し切られた。

妻たちが戻ってくるのが見えたと同時に、その話題は打ち切りになった。女二人は通路からさえ響いてくるような甲高い声で相変わらずしゃべり続けていたからだ。

十時半を回った頃、支笏湖温泉を出発した。この日は湖を再び半周した後、尻別国道を西へ向かい近隣の観光牧場などで一休みし、ニセコまで行くことになっている。もちろん雪もないスキー場や外国人だらけのリゾート地に興味はないから、これまた秘湯とうたわれる山中の温泉宿に泊まるつもりだ。

斎藤の運転は慎重なうえにも慎重だ。慣れない外車のせいもあるのかもしれないが、法定速度をしっかり守り、ハンドリングもまったく危なげない。いかにも几帳面で律儀な教養人そのものでじれったいくらいだが、愛車を託すにはそのくらいの方が安心ではある。

高くなった陽の下で、湖面は緑がかった青色にどこまでも澄み切っていた。その青い色に引きこまれるように眠りが来た。ふと目覚めると車は湖岸の林の中を走っている。

「あ、寝ててください。ナビもあるから大丈夫」

「すみません、昼酒はききますね、たかがビール一杯で」という自分のろれつが怪しい。

「疲れたのでしょう。昨日の早朝から中途半端に寝ただけで七、八百キロ運転しているんですから」

独身時代、週末ごとにホンダシティを一晩中運転して東京から岐阜の実家を経由し、神戸まで遊びに行っていたものだ。いや、ほんの四年前、このボルボに妻を乗せて東京から松江まで片道八百キロのロングドライブを楽しんだ。もっとも妻の方は疲れるの、時間とガソリンの無駄遣いだのと、不平を言い続けていたが。たった数年の間に、体力は間違いなく落ちていた。

ナビの音声が消えた。うとうとする伊能に配慮して斎藤が消したようだ。背もたれに体を預けぐっすり眠った。再び目覚めたときは、自分がここに来て、ボルボの助手席に乗っていることをしばし理解できなかった。

そしてああ、そうだ一人でビールを飲んだのだ、と思い出し、「あ、どうも、どうも、爆睡したようで」と言いかけ、あれっと辺りを見回した。

車は開けた上り坂を急登(きゅうとう)している。右手は青々とした牧草地が広がり、左側、眼下はるかに湖がある。

湖面の中央に大きな島。

ルスツからニセコに向かうはずが、洞爺湖に来てしまった。

「あれ……」

とっさにナビの画面に目を凝らす。

洞爺湖、ウィンザーホテルのある丘に向かっている。

「斎藤さん、道、間違えましたよ」

「え、あ、すみません」

さして動じる様子もなく斎藤はナビの画面を一瞥する。

「どこかの分岐で曲がってしまったようで」

尻別国道を走ってきて誤って有珠国道に折れてしまったのだ。

「まあ、大丈夫ですよ。洞爺湖から230号を北上すればすぐニセコですから。まだ時間はたっぷりあります」と伊能は応じる。

「そうですね」と斎藤はナビの画面を確認した。

確認するまでもない。牧草地の間の道を登り切った丘のてっぺんに、横につぶしたコンビーフ缶のようなウィンザーホテルの特徴的なシルエットが見える。

「さすが立派な建物ですね、なかなかの威容を誇っている」

伊能が言うと、「ちょっとお付き合いいただいていいですかね」と斎藤が車を建物手前の駐車場に入れた。

最初からここを目指していたようだ。それなら最初からそういえばいいものをと、少々、不審な感じを抱きながら、「サミットが開催されたのは、第一次安倍内閣、いや麻生さんのときだったかな」と話題を振る。

「いや、福田さん」

心ここにあらずといった風情で斎藤が答え、大型観光バスと団体客でごった返したエントランスへと向かっていく。

「まいったね、こりゃ、世界に冠たる豪華ホテルもこの有様ですか……」と伊能は苦笑しながら、エントランス付近にたむろしている、明らかに泊まり客ではなくホテル見物に訪れたと思しき中高年女性の団体を眺め渡す。

「うちの広美さんと斎藤さんの奥さんも、ここなら喜んでついてきたでしょうね」

軽口を叩きながらロビーに入る。写真やポスターで見慣れた総ガラス張りのロビーの向こうに洞爺湖が見下ろせる。

「おお、さすが」

とはいえロビーもまた中高年の女性たちで溢れており、薄緑色のウェルカムドリンクの置かれたテーブルの前で、女性たちが押し合いへし合いしている。

すっかり興を削がれて洞爺湖と反対側、吹き抜けになったフロアのガラス窓に目を向ける。

海が広がっている。内浦湾だ。洞爺湖側は雲一点無い青空だったが、こちらは海面上から底光りするような灰色の雲が立ち上がっている。

季節外れの雷雨でも来るのかも知れない。

女性たちの団体から逃げるように中央のラウンジ前を素通りし、階段を降りる。

内浦湾の景色からふとロビー脇のボールルームに目をやったとき、イーゼルに立てられた一枚の写真が目に飛び込んできた。

スチールグレーの髪を古風なクルーカットにした精悍（せいかん）な男のポートレートだ。

引き締まった体を誇示するかのようなTシャツ姿で腕組みしている男の写真の脇にスタンド花が飾られ、「秀明社特別講演会　大河内宏昌（おおこうちひろまさ）先生」とあった。

「なんと、大河内先生、来てるんだ」

歓声を上げていた。大河内宏昌「先生」はナチュラリストを標榜（ひょうぼう）する著名なノンフィクション作家であり、伊能の大学の先輩に当たる。

「好きですか？　大河内宏昌」と斎藤は写真を一瞥し、伊能に尋ねた。

「うちの大学の先輩でしてね。もっとも八つ上だからキャンパスで一緒だったことはないんですが、学園祭に来ましたよ。格好良かったね、今、思い出しても。ヒマラヤの何とかって川をカヌーで下って、そのことを書いた本で賞を取った時ですよ。そんなんで作家ったって軟弱な文士じゃないですからね。男が惚れるってか、まあ女にもてるだろうけど。それにしてもあれから四十年、活躍し続けてるってことは、さすが本物というか。私なんか紅顔（こうがん）の美少年だったのがこんなジジィになってしまったけど、七十間近でまだあれだけイケてるってことは」

「ほう」と関心もなさそうに写真を一瞥し、斎藤は窓辺に視線を移す。

講演会まではまだだいぶ時間があるらしく、ボールルームは施錠されておりロビーにも人影がない。

「まあ、コーヒーでも飲んで行きますか。せっかくですから」

促されて先ほどのエントランスロビーに上る。

そのときふと気づいた。

「あの、斎藤さん」

ラウンジの椅子に腰掛け、飲物のメニューを開いた斎藤が目を上げる。

「講演を主催している秀明社って」

「ええ……まあ……そういうことです」

気まずそうにうなずいた斎藤が、微苦笑とでも呼ぶべき複雑な表情を浮かべて首をすくめた。

思わず破顔一笑した。

「なんだ、そういうことなら最初から言ってくださいよ」

「いえ、そのへんは」

斎藤の妻、いづみは出版大手、秀明社の編集長だ。妻の広美によれば編集長と言っても、組織が大きいので、他社の組織に置き換えると局長級らしい。もともと女性誌が強いところなので、近いうちに役員になるのではないか、という広美の言葉を伊能は話半分に聞き流していた。

「で、奥さんが大河内先生のアテンドでこっちに出張してるんで、ここでデートしようってことですか。いいなぁ、一回りも若い奥さん持つと、いつまでも仲むつまじくて」

伊能の言葉に困惑したように身じろぎしている斎藤の様が愉快でもあり、羨ましくもある。

「うちの奥さんなら、私、絶対、来ませんけどね。だけどあれだけの美人なら」

「伊能さん、何にしますか。ここは私が出しますよ」

えへらえへらと笑っている伊能の言葉を遮り、斎藤が尋ねる。

「そうですか、では、アイスコーヒーを。ごちそうさま」

ここは文字通りの「ごちそうさま」が許される。というより奢られてやる、気分だ。

アイスコーヒーを飲み干した頃、斎藤の視線が左右に動いた。反射的に振り返る。

「お、おおー」

伊能は仰け反って見せる。

パンプスのかかとを鳴らしてラウンジ前を通り過ぎたかと思うと、ホテルのスタッフやカメラマンに指示を飛ばす。チャコールグレーのテーラードスーツに白いインナー、銀色の大ぶりなネックレス。後頭部を膨らませたショートカット。まるでヨーロッパのどこぞの国の女性閣僚のようだ。

一週間前に妻とともに会ったときとは、まるで別人だった。あのときは年齢相応にふくよかな体を柔らかなフレアワンピースに包み、黒いスニーカーをはいてやってきた。フェミニンなワンピースにコンバースのその靴は女からみればファッショナブルなのだろうが、男の目にはせっかくのいい女が台無しになるちぐはぐなコーディネートに映った。その格好で妻の広美と、はすっぱな口調でガールズトークならぬおばさんトークを繰り広げていたものだが。今、彼女がスタッフとやりとりする声はそのときの周波数の半分以下か。丁寧だが威厳があり、小声だが明晰な言葉が聞き取れる。ビジネスとプライベートをここまで使い分ける女に気後れとも空恐しさともつかぬものを感じた。

それでもいづみは美しい。柔らかなワンピースを突き上げる大きな胸も愛嬌たっぷりの笑顔も魅力的だったが、きりっとした仕事モードもなかなかセクシーだ。

こんな妻に置いていかれ、一人おとなしく東京のマンションで留守番していろというのは酷だろう、と、思わずにやつきながら向かいの席の斎藤を見ていると、足音が近付いてきた。

斎藤いづみがにっこり微笑み、伊能に向かい一礼した。

目が笑っていない。

「ちょっと来て」と斎藤にささやきかける。

「ん……」

ことさら落ち着いた様子で斎藤が立ち上がる。ガラスの衝立越しに、先ほど同様の低い声で斎藤いづみのささやくのが聞こえてきた。ささやき声ではあるが、言葉ははっきり聞き取れた。

「何、考えてるわけ？」

ドスの利いた声に耳を疑う。

「何も考えてないよ。たまたま道を間違えたんで、コーヒー飲みに立ち寄っただけだ」

斎藤が最後まで言い終える前に、いづみは入ってきたとき同様に、パンプスのかかとを鳴らしてラウンジを出て行った。

そのとき、スーツ姿の年配の男がロビーに現れた。

「どうもこのたびはお世話になります。わたくし、秀明社の……」という挨拶が聞こえてくる。妻の広美との黄色い声を張り上げての機関銃トーク、スタッフに指示を飛ばしていた歯切れの良い低音、そしてついいましがた一回りも年上の夫を叱責した威圧感漂う太い声。それらとまったく異なる女子アナ風の愛嬌たっぷりの声色。腰の低さからするとおそらくタイアップ企画のスポンサー側の責任者だ。ますます女は怖い。

支払いを終え、放心したようにロビーを抜けていく斎藤に向かい、伊能は呼びかける。

「ここまで来たのだから有珠山ロープウェイに乗ってみましょうよ。昭和新山は見たことありますか？　あの大地からガッと立ち上がった赤っぽい岩は凄い迫力ですよ。有珠山山頂駅の洞爺湖と内浦湾がぱーっと開ける景色は絶景中の絶景です。おばさんだらけのホテルから見る景色とはぜんぜん違う。人生観も世界観も変わりますよ」

そんなことで変わるわけはないが、とにかくこの先、憂鬱そうな面持ちの斎藤と二人で旅するのかと思うと、こちらの気も滅入る。

「あ、それもいいですね。せっかくですから」

気を取り直したように斎藤が答える。

観光バスが何台も連なっている長い車寄せを抜けると空が暗い。先ほどロビーのガラス越しに見た雲は青を帯びた灰色だったが、今はどことなく黄土色が混じった鉛色に変わっていた。

案の定、駐車場に向かうスロープを降りている最中に、雨粒が顔に当たった。

「これはきそうですね」

「一時的なものでしょう」と斎藤が答える。あまりにも断定的で落ち着き払った口調に本当にそうであろうと納得させられた。

斎藤は運転席に座ると自分の車のように落ち着いた仕草でエンジンキーを回す。

大丈夫かな、と少し不安になったが、伊能の方は先ほど温泉でビールを飲んでからまだ二時間半しか経っていない。ハンドルを握るわけにはいかなかった。

助手席に乗り、シートベルトをきつく締めた。

有珠山ロープウェイの駐車場に向けてナビをセットした次の瞬間、大粒の雨が車の天井をドラムのように叩く音が聞こえてきた。

「では、出発」とことさら元気よく声をかける。

ワイパーが忙しなく雨粒を払う中、湖岸道路までの長い下り坂を斎藤は相変わらず慎重に、エンジンブレーキで降りていく。

途中、洞爺湖畔のガソリンスタンドで給油した後、ロープウェイ入口の駐車場に車を滑り込ませる。空はまだ雲に閉ざされているが、雨は止んでいた。斎藤の言う通り一時的なものだった。

雨は止んだが霧が出ている。

車を降り歩き出したそのとき、何気なく振り返ると冷たい風とともに霧が割れて、正面の昭和新山の山肌から煙の立ち上る光景が現れた。

「確かに」と斎藤が大きくうなずいた。「身辺の雑事を忘れさせてくれる迫力だね」

数十秒後には再び濃い霧に覆われ、赤茶けた溶岩ドームも視界から消えた。

「なに、こんなのは下だけで山頂に行けば晴れているものですよ」と伊能は笑う。

若い頃には人並みに山登りもした。霧に包まれた麓(ふもと)を出発し高度を上げていくと、あるとき突然、視界が開ける。霧の層を抜けた瞬間に目に飛び込んでくるのは雲海(うんかい)の彼方にそびえる山々の雪を被った頂(いただき)だった。

だがロープウェイが上昇していっても、白い霧に閉ざされた車窓からの眺めは変わらない。

ロープウェイを降り、濃い霧に包まれた遊歩道を濡れそぼって上り、噴火口と噴火湾の絶景が見られるはずの展望台に立つ。

何も見えない。

「ま、こんなこともありますよ」

格別落胆した様子もなく斎藤は微笑んだ。傍らには道(どう)の防災担当者の団体だろうか、ヘルメットや迷彩服姿の男たちが、ガイドから一九七七年の噴火の凄まじい被害の様子を聞いている。犠牲者の遺体の無残な様が語られるのが嫌でも耳に入ってきて、ますます気が滅入る。

「行きますか」と斎藤に声をかけ、逃げるように霧の中を下りる。

駐車場まで戻ったときの時刻はまだ三時前だ。朝食が遅かったとはいえ、さすがに腹が空いてきた。今夜の宿の夕飯に差し支えない程度に軽く食べよう、ということになりあたりを見回すが、高くてまずそうな典型的な観光地の食堂しかない。洞爺湖畔に戻ればラーメン屋くらいあるだろう、という話になり、この日の目的地である山間地の温泉をナビに登録した後、出発する。

霧はますます濃くなり、フォグランプを点(つ)けても視界は一メートルもない。斎藤はスピードを落とし、カーブの度に几帳面にホーンを鳴らす。ようやく下に降りたとき、霧は細かな雨に変わっていた。

先ほどナビの音声を復活させたので道を間違えることもない。

雨脚(あまあし)が強まってきて、何とはなしの焦りもあり洞爺湖畔で食事休憩を取ることもなく北に向かって走る。ナビによればあと一時間半くらいで今夜の宿、滝の湯温泉に着く。このまま国道に入り、三十分も走ればルスツだ。そちらで給油してついでに軽食でも取って、あたりが暗くなる前に宿に入ろう、という話になった。

湖岸道路を十分も走らないうちにナビが左折を指示する。西に向かえということだ。

「ほう」と斎藤が感嘆の声を漏らした。

車は二十年落ちだが、ナビゲーションシステムはまめに更新される。馬鹿の一つ覚えのように幹線道路を示すのではなく、最短距離のルートや渋滞を迂回する道を教えてくれる。

国道から入った脇道は辛うじて舗装してある農道のような道だ。左右は牧草地で民家が点在するのどかな景色が広がる。

画面の地図を確認するとルスツ方面の国道は通らず、ショートカットして羊蹄山の裾野を回り込む道道岩内洞爺線に出るようだ。雨が上がる気配はなく、日暮れの早い季節でもあり、早く目的地につけるのはありがたい。

そのまま道道を横切りさらに西に向かう。曲がりくねった山道だが、ナビの案内なので不安はない。

しばらく行ったところで予想していた道道とは別の道をナビが選択した。

一応そちらも道道のようだが、相変わらず畑と牧場と山林を繋いで走るセンターラインもない細道だ。店どころか民家もまばらだ。

午後五時前だが山間の道はすでに暗い。道路灯などないからヘッドライトだけを頼りに、曲がりくねった道をゆっくり走る。すれ違う車もない。そもそもすれ違いスペースがない。

ようやく国道に出たときにはほっと胸をなで下ろした。

目指す秘湯の一軒宿、「滝の湯温泉 藻岩荘」は国道を突っ切り、ニセコの山の中だ。とはいえここからはメインの道道に入る。道幅は広がり住宅や観光客相手の土産物屋なども現れる。だがガソリンスタンドがない。燃料計を見るとガソリンはまだ十分にあった。

少し意外な気がした。

ずいぶん走ったようだが、さほどの距離ではなかったようだ。五百円玉を敷き詰めて走るなどと妻の前で開き直ってはみたが、大したことではないのだ、と二十年も乗った車を見直す気分になる。

途中でコンビニに寄って用を足し、何も買わないのも気が引け、今夜のつまみに鮭トバやビーフジャーキー、枝豆などを買い込む。

支笏湖でビールを飲んでからすでに六時間が経過しており、ここからは再び伊能がハンドルを握る。

宿まではあと十キロ足らずだ。アップダウンの激しい道を快調に飛ばす。曲がりくねった山間部の道を抜けると急にあたりが明るくなる。大型土産物屋と大規模旅館の灯りが、雨に煙る一帯を華やかに照らし出していた。

目を疑った。

このあたりを訪れたのは学生時代だ。先輩のホンダZに乗せられ札幌からスキーにやってきた。その帰りに滝の湯温泉に寄った。一軒宿の藻岩荘はさすがにランプの宿ではなかったが、朽ちたような木製の浴槽に裸電球がぶら下がったひなびた宿だった。その後に木造モルタルの建物に建て替えられたようだが、まさかここまで開けているとは思わなかった。

「何だかなぁ。情緒がなくなったなぁ」とぼやく伊能に、斎藤は「インバウンドかな」と笑って応じ、それから「ここじゃないようですね」と付け加えた。

確かに視線を暗い路面からナビの画面に移すと、まだ目的地ではない。目的地の滝の湯温泉まではあと七キロほどある。

地図上では曲がりくねった山道のようだが、実際に走ってみると整備された観光道路で、灯りはなくてもほとんど不安を感じない。

ギアを入れ替えながら坂を上ったところで斎藤が「伊能さん、ここ、ここ」と声を上げた。十メートルほど通り過ぎたところで引き返すと確かにあった。

闇に沈んだような褐色の壁の、ログハウスを模した真新しい木造建築だ。

ライトアップされた看板には「滝の湯温泉 藻岩荘」とある。

木造モルタルの温泉は再び建て替えられ、何やら清里あたりのペンションのような作りになっている。

車を降り、荷物を担いで雨の中を玄関に向かう。

引き戸を開けて中に入るが小さな窓口は無人だ。玄関脇に広い食堂があるが灯りが落とされ、自動販売機のライトが灯っているきりだった。

斎藤と顔を見合わせていると、湯上がりと思しき家族連れが地下から階段を上ってきた。

伊能たちを見て怪訝な表情をした。

「あれ、今から？　もうすぐ終わりですよ、ここ」

かつての温泉宿藻岩荘は、今年の夏に建て替えられ、日帰り温泉に替わったのだと言う。

そして営業時間は午後の六時までになっていた。

啞然としている伊能に斎藤が咎めるでもなく尋ねた。

「予約の電話は入れなかったの？」

「いえ、秘湯で訪れる人も少ないという話だったもので。まさか日帰り温泉に替わったとは」

それから憮然として付け加えた。

「ホームページも見たし、ここで一泊したって人のブログも見たんですけどね」

「ああ、ネットには昔のが残ってるからね」

昔といっても、確か、この春頃のものだった……。

「ま、温泉宿はこの先にもあるでしょうから」

淡々とした口調で言うと、斎藤は濡れた傘を再び開くと先に立って駐車場に戻る。

伊能の方は自分の大きな失点に凹んで、うなだれてついていく。

激しくなった雨も自分のうかつさを責め立てているような気がする。

助手席に乗っているのが斎藤だからよかったようなものの、これが広美だったら大変なことになっている。旅行となれば、ガイドブックとインターネットで情報を集めまくり、宿を厳選し、行く前にすべてがわかってしまうまで調べ上げ、タオルからモンカフェまで完璧に準備して出かけないと気が済まない女だ。宿の予約無しに旅行するなど考えられない。

「だからあなたになんか任せておけないのよ、なんでそう仕事以外は何でも行き当たりばったり、手抜きするわけ？」

叩きつけるような雨音に混じり、金切り声が聞こえてきたような気がした。

仕事だけはきっちりやって来たんだ、俺は。旅行くらい気を抜いて何が悪い、と腹の内で反論している。

空の一隅が光っている。一瞬置いて雷鳴がとどろく。

助手席に座ろうとした斎藤がタオルを取り出し、座面を拭く。

「どうしました？」

「いや、窓、完全に閉めないで降りちゃったかな……すみません」とパワーウィンドーのスイッチを動かしている。

再びナビで確認すると、この先、三キロ地点にも温泉がある。

まだ夕方の六時前だが、山中のことでもありあたりは真っ暗だ。先ほどライトアップされていた「藻岩荘」の看板もすでに灯りが消されている。

秘湯だの、情緒だのと贅沢は言っていられない。団体客御用達の大型旅館でも外国人しかいないスキー宿でも、みつかったところにチェックインして、食事とベッドを確保し、湿った衣類を着替えたい。

滝のような雨の中をゆっくり走り出す。

「あれ」

隣にいる斎藤が自分の髪に触れる。次に肩。さきほどシートを拭いたタオルを取り出し、自分の体を拭いている。

「雨漏りしてるね、この車」

「一応、メンテナンスで天井部分の塗装はしてますよ」

愛人をけなされた気分で、むっとして答える。あんたがちゃんと窓を閉めてないんだろう、という言葉を飲み込む。

そのとき強風に車体が揺れた。滝のような雨がフロントガラスに吹き付ける。と、同時にシャワーのようなものが降ってきた。

思わず悲鳴を上げた。山間部の細道で車を止めるスペースもない。頭から水滴を浴びながら、ヘッドライトで闇を切り裂くようにしてじわじわと進むしかない。

ようやくすれ違いスペースに入り、雨漏りの原因を確認した。

助手席側のパッキンが傷み、ドアと本体の間に隙間が開いていたのだ。

そういえば今年の冬、派手な音を立ててドアを閉めた妻に向かい、「ドアの開閉はもう少し丁寧にしたらどうだ」と言って喧嘩になった。

そのときに「なによ、こんなすきま風が入るようなボロ車」と広美は悪態をついたものだが、つまりあのときすでにパッキンがそうとうに傷んでおり、ドアの開け閉めのたびに金属音を響かせ、すきま風が入り、今に至って雨漏りまでするようになったということだ。

「パッキンくらいなら車屋に持っていけば簡単に直りますよ」

慰めるように斎藤が言う。

「ええ、ＤＩＹの店に行けばコーキング剤も売ってますから、自分でできるんですよね」

とことさら気楽な口調で答えるが、これまでさんざん補修して乗ってきた車をもう直すこともなく廃車にするのだ、と思えば切なさが胸にこみ上げる。

じわじわ上って辿り着いた温泉地に灯りは一つもなかった。

「まさかシーズンオフは休業中？」

さきほど通り過ぎてきた大規模旅館の建ち並ぶ一帯とはまったく違う。小さな宿が数軒あるが、どこも暗い。ヘッドライトに浮かび上がった一軒は軒が落ち、屋根に穴の空いた廃屋だ。一軒一軒確かめれば営業しているところもあるのかもしれないが、ひなびた秘湯情緒にも限度があり、湯治客が自炊して湿ったせんべい布団に寝かされるようなところはごめんこうむりたい。

「先、行きましょう」

斎藤が淡々と告げる。

雨漏りは続いており、助手席側の斎藤はもちろん、伊能の髪からも水がしたたってくる。あたりが真の闇で、雨音と雷鳴ばかりが響くから不安が増すが、まだ六時を少し回ったところで宵の口だ。スキー宿の建ち並ぶニセコまでせいぜい七、八キロ。シーズンオフとはいえ、大型ホテルなら営業しているし、部屋もあるだろう。

それにしてもと、ここまでガソリンスタンドを見つけられなかったことがいよいよ心配になり燃料計に目をやる。

まだ十分あった。

それは安心を意味しない。

二十年落ち、外車、ステーションワゴン、すなわち五百円玉を敷き詰めて走る車の燃料がそんなに減らないわけがない。

まさか……。不安に駆られて無意識にすり切れた革張りのダッシュボードを叩いていた。

次の瞬間、燃料計のランプが灯った。

うわっ、と声を上げた。

それまで三分の一くらい残っていることを示していた表示は、突然、エンプティーに切り替わっていた。

「斎藤さん……」

斎藤は燃料計の表示に視線を移したが、すぐに落ち着き払った口調で告げた。

「ま、このまま倶知安方面に行って、途中で止まってしまったらそのときはＪＡＦを呼びましょう」

それからふと気づいたように自分のスマートフォンを取り出した。

「まさか、今どき、いくら北海道の山の中ったって、大雪山じゃなくてニセコのスキー場ですよ」と言いながら伊能も自分のスマートフォンを確認する。

「あれ？　圏外？」

「くそっ」

紛れもなく圏外だ。

暗闇、暴風雨、雨漏り、空腹、疲労の中でガス欠。そのうえに孤立。

「自力脱出しかなさそうですね」

自分で発した大げさな言葉にうっすら笑った斎藤に、初めて腹が立った。

ゆっくりアクセルを踏み込む。まるで登山道のような細道の急登だ。

頼む、こんなところで止まらないでくれ、と心の内で念じる。

「もうすぐ峠です。大丈夫でしょう」

斎藤が相変わらず冷静な口調でささやく。

「立ち往生しても、車の中で夜明かしすればなんとかなりますよ。さっき買ったつまみもあることですし」

そう、ここは大雪山中ではなく、ニセコのスキー場の裏側。しかも寒い季節ではない。

ハンドルにしがみつくようにしてじわじわと進む。

このボロ車、とつぶやいていた。

どれだけメンテナンスに金をかけ、どれだけ丁寧に乗ってきたことか。

それがなんだってこんなにあちこち壊れるのか。

図体ばかりでかくて、大食らいの、ばあさん車が。

笹藪（ささやぶ）をかき分けるようにして距離にして百メートルほど上ると道は下りに転じた。峠を越えたのだ。この先はおそらくニセコの町までずっと下りだ。燃料はそれほど食わない、と安心したいところだがそうはいかない。

ギアをローに入れてエンジンブレーキで降りていかなければならない。しかしそれをやったら燃料が持たない。エンジンを切って走ればいいというのは、俗説だ。実際は制御が利かなくなるだけでなく、とっさにブレーキをかけてもすぐに作動しなくなる。とてつもなく危険な行為だ。

「斎藤さん、シートベルトきつめにしてください」

「了解」

ギアをニュートラルに入れて、アクセルから足を離す。スピードが上がる。フットブレーキ、ヘアピンカーブ、ブレーキを離す。スピードが上がる、フットブレーキ。

不意に藪が迫ってきた。強くブレーキを踏む。大きく揺れて車は止まる。危うくその向こうの沢に転落するところだった。

斎藤が無言のまま、タオルで額の汗を拭いた。

ハンドルを握る手が粘り気のある汗でべたつく。

捨てられると知って俺と無理心中する気か、この車、と長年連れ添った愛車を呪っている自分が浅ましい。

不意に林が切れ、道路際にぽつりと民家の灯りが見えた。

「もう大丈夫です、伊能さん。難関は乗り切りましたよ」

低い声で斎藤が告げる。

緩やかな下りは続いている。

このまま真っ直ぐに下りれば倶知安の町に出る。

斎藤がスマホを確認するとすでに電波が入っているらしい。

十分も走らぬうちに、国道に出た。夜空に高々とマークを掲げたガソリンスタンドが視界に入ってきたときには、思わず斎藤と二人で雄叫びを上げた。

建物から出てきたツナギ姿の八十をとうに過ぎた年恰好の老人に向かい、伊能は片手を振った。

「すいません、ハイオク、満タンでお願いします」

ノズルを操りながら老人が呆れたように言う。

「やばかったですね、お客さん。あやうくエンコですよ」

「ええ、滝の湯温泉から下ってきたんですが、もうはらはらし通しで」

「まめに給油してくださいよ、山ん中はときおり熊が出ますから、動けなくなったらあぶないですよ」

「熊、ですか」

あまり実感はないが、やはり出るのだろう。

給油を終えると、ようやく空腹に気づいた。

老人に向かい、近くにホテルがないかと尋ねると、観光ホテルとスキー宿はニセコやヒラフにたくさんあるが、町中にはビジネスホテルしかないと言う。

「はい、そこで結構です」

再び暗い道を数分走ったところに教えられたホテルはあった。駅からほど近い町の中心部だ。ツインルームも一部屋空いていたが、さほど付き合いも長くない男二人旅で、寝るときまで一緒は疲れる。ごく自然にシングルを二つ取った。

時計を見ると七時を回ったところだ。

そんな時間でも一階にあるレストランの営業はオーダーストップだった。

温泉はもちろん大風呂もないところなので、頭からかぶった雨水をシャワーで洗い流した後は、斎藤と二人で町に出る。

宿から歩いて三分たらずのところに居酒屋があった。テーブル席が四つか五つあるだけの、清潔だが格別風情もない店だ。客は他にいない。

メニューを見ると、得体の知れない郷土料理からオムライスまで、余市ウイスキーからクリームソーダまで何でもある。

「大将、ここの地酒は何がある？」

斎藤が、八十間近と思われる店主に尋ねる。

「『蔵人衆』ですかね。大吟醸がありますが」

「いや、純米があれば、純米」

「ああ、本当の酒好きはそっちですね。倶知安では彗星っていう酒米が有名でしてね」

「ほう、酒米なんて山田錦くらいしか知りませんが」と伊能が口を挟むと店主は「あんなのは目じゃありませんよ」と片手を振る。

「それじゃつまみはおまかせで」

観光客からあこぎにしぼり取るような商売はしていないというのは、店構えと店主の風情からわかる。

「何ですか、このへんは地価上昇率日本一とか、新聞に載りましたけど、バブリーな感じはぜんぜん無くて落ち着いた町ですね」

調理をしている店主の背中に向かい、伊能は話しかける。

「まあ、地価上昇率ったって、半分つぶれたような商店や民家を外国人が買ってるだけでしてね。それで建て替えもしなければ直しもしない。空き家のまま値上がりを待ってるんですよ。キャピタルゲインでただ寝かして儲けようってのは、あたしらの感覚からすると何だかね」

しゃべりながら天ぷらの衣か何かを忙しなくかき回す。

「いや、まったく」

店主の妻と思しき背中の丸くなった七十年配の女性が、格別の愛想もなく酒と小鉢を運んでくる。

小鉢の中身はキャビアくらいの大きさの黒っぽい魚卵だ。

「カジカの卵ですよ、不格好でそう大きな魚でもないんですが、卵は大きくてね」

店主の妻が説明する。

塩辛さはほどほどで、口の中でぷつぷつと卵膜が弾ける感触がいくらよりもしっかりしている。

味が消えないうちに冷やの蔵人衆を口に含むが、生臭みが広がることもない。

「こりゃいいね」

斎藤がうなずく。

「キャビアやへたないくらより上等だ」

ニシンやサンマを軽くあぶった刺身、白子やサケの粕漬け。ほうれん草のおひたしに南瓜とキノコの天ぷら、ワラビの甘酢漬け。

器に凝るわけでもなく、地方の民家にあるような花柄や白無地の、さほど大きくもない皿一杯に盛られてくる料理は、どれも質実で滋味豊かだ。

店主が調理し、手早く盛りつけたものに妻が薬味のようなものを添えテーブルに運ぶ。

空いた食器を下げて、その場で洗い、背中に目が付いているように、テーブル上で空になりかけた湯飲みにお茶を注ぎにくる。

「飲物、おかわりは？」

「私はそろそろご飯もらおうかな」と斎藤が言う。

「え、もうですか？」

伊能が尋ねると「ワインにフランスパン、おいしい清酒においしい米。結構合うものですよ」

「こっちの米はうまいですよ」

カウンターの向こうから店主が答えた。

「倶知安ではあまり田んぼはないんですが、隣の蘭越の米がね。キタヒカリあたりから北海道の米も急にうまくなってきたんですが、ここのゆめぴりかは粘りといい甘みといい、ま、日本一です」

店主がしゃべっている間に、その妻が茶碗に盛りつけた飯を運んでくる。

「伊能さん、もう少しいく？」と斎藤がグラスにわずかに残った蔵人衆を指差す。

「じゃあ、せっかくですから、こんどは別の銘柄で」

「それじゃ『二世古』はどうです？　このへんじゃ一番古い造り酒屋の銘酒ですよ」

冷や酒で回った目に映るのは、店主夫婦の見事なばかりの連係プレーだ。厨房では一通りの調理を終えた店主が油の飛んだステンレスの壁をせっせと拭いており、妻が酒を運び、斎藤のために温かいお茶を入れなおす。

「いいねえ、いつまでも夫婦仲良く一緒に働けるってのも」

思わず漏らすと斎藤が泣き笑いのような表情を浮かべた。

「いやぁ、年柄年中、喧嘩ばかりですよ」と店主が妻の方を顎でしゃくる。

「なぁに言ってるんだか」と妻は相手にせず、洗い物に取りかかる。

「歳も歳なんでけっこうしんどくてね。息子たちはヒラフで商売やってるんで継ぐ気はないし。この店もいつ畳もうかと女房と相談してるんですが」

「そう言わず続けてくださいよ、みんなに喜ばれて、稼げて、いいじゃないですか」

年金が満額出るまで退職金で食いつながなければならない我が身を無意識に引き比べていた。

娘一人を大学院まで出してみれば、蓄えなどほとんどない。大病をしなければ路頭に迷うことはないが、贅沢はできない。たとえば外車を乗り回すような。

「喧嘩しつつも二人三脚。理想的なパターンですよ」と斎藤が漏らす。どことなく悲痛な響きがある。

「一回り以上若い美人の奥さんじゃ喧嘩のしようもないでしょう。うちのみたいなバケベソと違って」

酔いも手伝い伊能は混ぜっ返す。

しかも斎藤の妻、いづみは生活力があるから、旦那の会社がつぶれて退職金もほとんど出ないまま失業の憂き目にあったところで夫婦で路頭に迷うことはなかった。斎藤も不本意で不慣れな労働に身を削ることもなく、専業主夫に収まって優雅な生活を送っている。

もし自分が同様の事態になったら妻の広美は、と考えると脇の下から冷や汗が出る。

「喧嘩できないような夫婦はだめよ」

自嘲的に言うと斎藤はグラスに残っていた酒を飲み干した。

「おかわりは？」

すかさず店主の妻が尋ねる。

「いや、こっちね」と飯碗を差す。

「ゆめぴりか、ですか。いや確かに大将の言うとおり、天下一品だね」と持ち上げながら、斎藤は哀しげな笑みを伊能に向けた。

「出会ったばかりの頃は可愛かったんですよ、家内も。目がくりっ、として、ちょっと鼻が上向いているところがまたチャーミングで」

斎藤は独り言のようにしゃべり始める。酔いが回ったようだ。

「こっちは三十代も半ばに入っていたから、いづみがほんとに少女に見えた。無邪気で頭が軽くてそこがまた可愛い……」

「何も知らない小娘をインテリがワインの蘊蓄でたぶらかしたわけですか」と伊能は冷やかしの合いの手を入れる。

「いや、僕はインテリでもなんでもないんだけど、今ほど教養だの知識だのが嫌われ蔑まれる時代じゃなかった」

今から四半世紀ほど前、経営状態は盤石と信じられていた印刷会社のサラリーマンと華やかなイメージはあっても一同族会社に過ぎない出版社の社員が出会った。

仕事の打ち合わせから個人的な付き合いが始まり、若いいづみは斎藤の繰り出す十字軍や遺伝子やワイン酵母や象徴派絵画の話などなどを、理解できないまでも感心しながら熱心に聞いてくれた……ように見えたらしい。少なくともそのつもりで斎藤は悦に入っていたのだと言う。

コネと顔の良さで出版社に入ったミーハー娘、だと思っていたのが、高偏差値の日本屈指の私立大学を卒業し留学経験もある女だと知ったのは、一目ぼれした斎藤が結婚を前提に交際を申し込んだ後の事だった。

「学校の成績と人としての賢さは関係ないし、僕は小利口な女、若いくせに妙に落ち着き払った女というのは大嫌いだったから、軽佻浮薄(けいちょうふはく)さや無知さ加減がむしろ可愛く見えてね」

国立大学でマクロ経済学を専攻し、大手印刷会社に入社して以来、仕事に忙殺され女とつき合う暇もなく十数年を過ごした斎藤は、いづみを通して、頭の軽さも見方を変えれば伸びしろであり、ミーハーとさげすんでいたものが新しい文化であろうと考えをあらため始めた……はずだった。

勤務時間が不規則で毎日帰宅が遅い妻と、残業や接待、休日出勤の多い夫とのすれ違い生活も、収入さえ多ければさしたる軋轢(あつれき)もなく、深夜に待ち合わせて麻布のバルで夕飯を食べたり、妻が同僚から紹介されたエージェントを通してフィリピン人家政婦に来てもらったりといった生活に双方とも不満はなかった。

頭が軽くて、顔が可愛くて、実は高偏差値大学出身者の妻の本性に気づいたのは、いづみがいきなり会社史上最年少で副編集長に抜擢(ばってき)された二十年前のことだ。若いうちこそ女性誌で華やかに活躍していても、三十を過ぎればメインストリームから外されてしまう。そのときは退職して家に入ればいいさ、とタカをくくっていた斎藤はそのヘリコプターのような出世に驚かされたが、いづみはいつもながらの軽く明るい口調で言ってのけたらしい。

「仕事できたって、真面目でお利口さんぶってる女の子は使い潰されるだけよ。男相手に突っ張るようなおばさんは女子たちからも総スカン。だって会社は大学じゃないんだから。ミーハーやってるのがキモね。あの子はノリが軽いと思わせて垣根を低くして、しっかり相手を見切るの。で、肝心なことは口が堅い。そうすれば人も情報も集まってくるのよね。クライアントからも可愛がられるし」

「あの言葉を可愛い口から聞いたときには、血の気が引いたものだよ。どうせどこかのタレント評論家の受け売りだ、と思いたかった」

伊能は仰向いて笑った。笑った後で腹の底がひんやりと冷えた。

ほどなくいづみは花形女性誌から社内で「滅びゆくメディア」と揶揄(やゆ)される総合月刊誌に異動した。

「かわいそうだが旬が終わったんだな、と思ったものだが……」

売れない総合月刊誌でいづみはさらにステップアップしていった。

気むずかしいことで知られる政治評論家、偏屈な学者、激しい気性で恐れられている女性作家、変わり者のアーティスト……。偉いが孤独な人々の懐にいづみは物怖じすることなくするりと入り込み、原稿を取り、対談や講演を承諾させ、グラビアに引っ張り出す。若い編集者が彼らと起こしたトラブルも斎藤いづみが出ていけば収まる。他人に対して垣根を低くして見せるいづみは、プライドの高い相手の垣根をも低くするのだ。

部員数も少ない売れない雑誌の編集部でいづみは人脈を築いていった。デビュー以来、四十数年、本を出せばベストセラーになるスター級の作家、大河内宏昌の口癖も「俺への依頼は、いづみを通して」というものだ。「斎藤君」でも「いづみちゃん」でもなく、「いづみ」と呼び捨てだ。

今回の特別講演会と大河内の次回作のための取材も、アテンドとして大河内はいづみを指名してきたという。それ以外の人間が来たら受けない、とまで言った。

大河内だけではない。将来の首相候補と目される政治家も、さる業界団体の会長も、担当編集者が別にいるにもかかわらず、いづみの携帯に仕事の連絡を入れてくる。

その一方でいづみは社内の上層部にも受けが良く、部下からも慕われる。男女を問わず、高学歴でやり手の若い層が懐いてくれる。

副編集長として売れない総合誌を立て直すような力はなかったにもかかわらず、実績を上げた同僚をさしおいて、いづみはほどなくマイナーな専門誌の編集長に抜擢された。

さすがに史上最年少、ではなかったが、女性誌以外では初の女性編集長の誕生だった。

その頃、突然、斎藤の勤め先は無くなった。多額の負債を抱えての廃業で、定年退職、再雇用を半年後に控えた斎藤は本来手にするはずだった退職金の大半と、仕事それ自体を失った。

途方にくれていた斎藤に、「いいよ、しばらくのんびりしたら」と妻のいづみは、呑気に笑いかけてきたと言う。

将来への不安を口にするでもなく、今後、どうする気なのかと迫るわけでもなく、「長い間、お疲れ様。飲もう飲もう」とグラン・クリュを冷蔵庫から出してきて、フリュートグラス二つに注いで乾杯した。

「泣けてくるねぇ。良い女房じゃない。羨ましいね、本音で羨ましい」と伊能は、斎藤の肩を叩く。彼の方もだいぶ酒が回っている。

「ええ。ちょうどうちに来ていたフィリピーナが妊娠して国に帰っちゃったタイミングだったんですよ。僕はそのフィリピーナの後釜」

「そんなこと言うもんじゃないですよ、斎藤さん。バチが当たる」

本気で説教していた。

その後、いづみは再び古巣の女性誌に戻り、今、そこで編集長を務めている。この調子だと役員まで上り詰めることは確実、と目されているらしい。

「売れない雑誌を立て直したとか、新しい才能を発掘して大ベストセラーを出したとかじゃなくてね、数字としての実績はまったく上げてないようなんですがね」

「それはしかたない。コミュ力がものを言う時代ですよ」

伊能はため息で応じる。世渡りに長けたやつらの出世にも学閥に対してと同じくらい理不尽さを感じてきた。

翌朝起きてみると、まぶたがむくんでいた。無事宿にたどり着いた安心感からか、少々酒を過ごしてしまったらしい。

質の良い酒だったせいか、気分は悪くない。

昨日の荒天が嘘のような快晴だ。

朝日の射し込む一階のレストランで先に食事を済ませてコーヒーを飲んでいた斎藤がすっきりした顔で、「とりあえず午前中は僕が運転しましょう」と宣言した。確かに自分でも酒臭い。風船を膨らませられたら、しっかりアルコールが検出されるだろう。

「お願いします」と頭を下げ、狭いビュッフェコーナーからコーヒーとチョコレートデニッシュだけを持ってくる。

これもまた二日酔いの症状なのか、甘いものがやたらにおいしい。

厳密に行き先を定めた旅ではないが、この日は道道パノラマラインを北上し、岩内町に出て、日本海に沿って走り、積丹（しゃこたん）半島にある絶景の宿に宿泊する心づもりでいた。明日は、日本海沿いのソーランラインをさらに北上し小樽（おたる）から新潟行きのフェリーで戻る。

走り出して間もなく、斎藤がパノラマラインに入らず、そのまま羊蹄国道を南に向かっていることに気づいた。

「あれれ、斎藤さん」と目をこすってナビを見る。

「ああ、昨日の米があんまりおいしかったので、蘭越とかいうところの水田を見たくなりまして」

尻別川沿いに走り、河口の港町からソーランラインを通り、積丹半島に向かうつもりらしい。

ほどなく道の左右に、収穫が終わり青空の下に切り株ばかりの残る水田風景が広がった。農産物直売場の看板が目に入り、伊能は「せっかくですから土産に米でも買っていきますか」と尋ねる。

「いや、いいですよ」

わざわざ遠回りして田んぼを見に来たと言う割には、格別関心もない様子で斎藤はハンドルを握っている。

まもなく羊蹄国道を右に折れ、農道のような細い道に入った。

またショートカットする気かと、ガソリンのことを気にした矢先、斎藤が遠慮がちに言った。

「ちょっと寄ってもらっていいですかね」

道の片方には畑と牧場の開けた光景、反対側は畑の向こうに紅葉した並木がどこまでも続いている。

　家並みが途絶えた先に木造の平屋がぽつりと建っていた。

「釣り具、レンタルカヌー、マウンテンバイク」

　入口脇に看板が出ている。

　隣の空き地に車を駐め、斎藤は伊能に言った。

「カヌーやりませんか？」

「はあ？」

　会社の接待があるから釣り船には乗ったことはあるがカヌーは未体験だ。

「いや、私は……」

　片手を顔の前で振って、気づいた。とっさに隣に駐めてある車に目をやる。メルセデス・ベンツ・Gクラス。ヘルメットに迷彩服の男達を何人も乗せて走るのが似合いそうな直線的で精悍なフォルム。こんな高い車を乗り回すのは……。

　舳先に犬を乗せてカヌーツーリングをする大河内宏昌の、お約束の写真が頭に浮かぶ。

「あの……」

　車を降りた斎藤の腕を掴んだ。

「やめた方がいいですよ」

「いや、嫌がらせしようという気は毛頭ないので」

「心配な気持ちはわかります。でも、こういうのはやめましょう」

　蘭越町といえば、あの大河内宏昌が山の家を建てたところだ。若い人々とともにキャンプやカヌー、渓流釣りなどを楽しみながら、貴重な動植物の保護と自然への理解を深めるための活動を行っている、その拠点だ。

　昔、伊能の後輩たちの中にも大河内に心酔し、蘭越キャンプと呼ばれる山の家の合宿に出かけていった者がいる。川に潜って恐いほど大きなイワナを見たの、藪の中で食べられる物を各自採集して夕食にしたのといささかハードなキャンプの自慢話をさんざん聞かされたものだ。

「今でも若い者とわいわいやるのが好きで、偉いのに偉そうな顔をしない、嫌味の無い人だと評判ですよ。我々よりジジイだけど格好良くて体力だって何倍もありそうで。モテるんでしょうけど、女好きだって噂は聞いたことがありません」

　事実だ。大学の後輩や友人達、直接会った人々のだれも大河内宏昌のことを悪く言わない。女からより男から好かれる男であるし、文京区にある豪邸には元女優の妻と娘夫婦、孫が一緒に暮らしている。

「そういう男が『俺への依頼はいづみを通せ』などということを言いますか」

　斎藤がぼそりと反論する。

「昭和の男の物言いですよ。仕事を隅々まで把握していて、何も言わなくても察して動いてくれる、仕事相手にはそういうものを求める。有能な秘書みたいなものなのでしょうね、斎藤さんの奥さんは」

「私が何を言っても動いてはくれませんけどね」

「まあまあ、それはともかくとして」となだめようとする間に斎藤は事務所の扉を開けていた。

　幸いにも中に大河内といづみの姿はない。

　フリースを着た若い女が一人、パソコンの画面にむかって何か作業している。

「カヌー、できますか？　これから」

「あ、今日はやってないんですよ」

　女は画面から目を離すこともなくあっさり答えた。

「やってないって……」

「昨日の大雨で水量が増えちゃって、上級クラスの方でもちょっと無理」

「それじゃカヌーは……」

「だから今日はやってません」

　少し苛（いら）ついた様子で女は初めてこちらに目を向けた。

「でもお客さんは来ましたよね」と斎藤はガラス越しに空き地に置かれたメルセデスの方を振り返る。

「あ、サイクリングと釣りならできますよ」

「あの……大河内宏昌さんが来られましたよね」

　伊能が尋ねると女はうなずいた。

「ああ、取材か何かみたい。もしかしてお客さん、大河内さんのところの」

「ええ……まあ、そんなところで」と斎藤は言葉を濁した。

「大河内さん、カヌーを予約されていたんですが、こんなことで残念がって。多少、水量が増えたって僕は慣れているから大丈夫と言われましたが、ここのオーナーが絶対ダメって。万一、沈したら救命胴衣付けてたって助からないでしょ」

「それでどこに行ったんですか」

女の言葉を最後まで聞くこともなく、斎藤は身を乗り出した。

「それ」とキーボードに両手を乗せたまま女は顎で伊能たちの背後にある棚を示した。

「バイクパッキング半日コース」と書かれたビラが置かれていた。

バイクパッキングというのは、アウトドア用品を詰め込んだバッグを自転車に載せてツーリングすることだと女は説明する。だが半日コースなのでキャンプライドではなく、クッカーやコンロ、食材やコーヒーなどを持っていき、川原などで山ランチをするのだと言う。

通常ならインストラクターとしてこの店のオーナーか自分が案内するのだが、大河内はオーナーと昵懇の仲でもあり、土地勘もあるのでインストラクターはいらないと断ってきたらしい。

斎藤は鼻から勢い良く息を吐き出した。

「それで女性と二人、そのツアーに出かけたわけですか」

女はコンピュータの画面から目を離さず鼻で笑った。

「女性って出版社の人ですよね、かなり歳のいった」

一瞬、別人のことかと思い、すぐに若い女の何とも無自覚で残酷な物言いだと気づいた。伊能から見れば若く美しい人妻だ。だが目の前の横柄な二十代からすれば、「かなり歳のいった」、女性以前の、つまりおばさんなのだ。

「コースは？」

斎藤にそう尋ねられると、女は億劫そうにコンピュータの前から立ち上がり、奥の部屋からイラストマップを持ってきた。

ラインマーカーでコース上に線を引き、ランチスポットに×印を付けて斎藤に手渡した。コースはこの店の裏手から始まっている。

この釣具屋ともアウトドアショップともつかない店の裏手を尻別川の支流が流れており、来る途中、延々と続く並木に見えたものは、その川辺林だったようだ。

バイクパッキングの半日コースはその川に沿って上流に向かい、山間部を抜けて戻ってくるものらしい。

斎藤は礼を述べるとさっさと店を出る。

「お客さん、バイクパッキングはしないんですか」と今さら慌てたように女がカウンターのこちら側に出てきたのを伊能は「ごめん、それじゃ」と挨拶して、車に戻る。

運転席に座った斎藤に伊能は「この車、車幅がありますから」と暗にサイクリングコースなど通れないことを忠告する。

「はあ」

生返事をしたまま斎藤は車を道に出すと、地図に沿って小河川の堤防上の道に鼻先を向けた。両脇にクルミや柳の木などが生い茂る道は、予想と違い、道幅は十分にある。

途中から曲がりくねった山道になった。川から離れて藪の中に入ったかと思えば、不意に開けた川原に出、再び森へとめまぐるしく景観が変わる。

サイクリングやトレッキングなら、さぞ変化に富んだ理想的なコースだろう。

道幅は狭まり、例によってところどころすれ違いスペースが設けられた、舗装の荒れた山道になった。

左右の木々の枝がフロントガラスにぶつかりそうな、ドライビングにはあまり快適でない緑のトンネルを抜けると再び視界が開ける。

白っぽい石ころだらけの川原と幅広く浅い流れに光が降り注ぎ、碧(みどり)の水面がきらめいている。

「おお」と思わず伊能が感嘆の声を上げたのと、斎藤が急ブレーキを踏んだのは同時だった。

道路際のハルニレの大木に、ロードバイクが二台立てかけられていた。

川原に目を凝らすと岩陰に人の姿が二つあった。

「やめましょう、斎藤さん」

叱責する口調で声をかけた。

「さっさと立ち去りましょう。あっちは曲がりなりにも仕事です」

「ええ……」

ボルボのエンジン音は川原まで届いたらしい。

人物ふたりはこちらに顔を向けた。

女の方がいきなり立ち上がった。距離は離れているが、両手を握りしめ、憤然とした様子で棒立ちになったのがわかる。

「さっさと行きましょう、ってば」

次の瞬間、男の方が飛ぶような足取りでこちらに近付いてきた。

「やばいですよ、これ、本気で」

こちらの正体はすでにいづみから聞いたのだろう。

伊能がこの場からすぐに走り去るようにせっついていたそのとき、運転席のガラスを叩かれた。

諦めて二人揃って外に出る。

「どうも、ご主人、初めまして。お世話になっています。大河内宏昌です」

機先を制するように頭を下げられた。

何ともきまずい。大河内は歳を感じさせない白い歯を見せ挨拶しながら微笑んでいる。

噂に聞いた通り、嫌味の無い、文士の不健全さなど微塵もない、中肉中背でそこそこ鍛え上げた体をした年配の男。さきほどの横柄な若い女からみれば高齢者でも、伊能から見れば理想的に歳を重ねた人生の先輩だ。

「こちらこそ家内がいつもお世話になっております」

相変わらず斎藤はそつのない礼儀正しい仕草で挨拶しているが、腹の底にはそうとうに鬱積したものがあるはずだ。

伊能のほうも、きちんと挨拶をしなければとっさに居住まいを正したそのとき、大河内は言った。

「ちょうどいいところでした。今、コーヒーを入れたので、一緒に飲みましょう」

気さくな口調だが、身のこなしにも、言葉にも相手に有無を言わせぬ迫力がある。これが何十年もベストセラー街道を驀進(ばくしん)してきた大御所作家の貫禄というものか。

少し遅れてやってきた斎藤いづみが大河内の背後に立った。

「どうも伊能さん、こんにちは、昨夜はどちらに?」

社交的な言葉にまったくそぐわぬその形相に伊能は震え上がった。

斎藤はもっと怖いだろう。

鬼瓦(おにがわら)や般若(はんにゃ)ならまだわかりやすい。口角を上げた女子アナ風の笑顔の目が笑っていない。TPOに合わせたらしく化粧は薄いが、マスカラだけはたっぷり塗って、急カーブで睫(まつげ)を上げた目が怒りに燃え、ぎらりと見開かれて二人を睨み付けている。

人に赤っ恥かかせくさって、こっちは遊びで来てるわけじゃない、とっとと失せろ、このストーカー親父どもが……。心の声が聞こえてくる。

後ずさりしながら伊能は真っ白になった頭で言葉を探す。

「あ、大河内先生、私、斎藤さんの友達で伊能と申します。先生の大学の後輩にあたりまして、かつて学園祭でご講演を拝聴いたしましたものです。あれは青春の最高の思い出でして、今回ぜひにと思いまして、斎藤さんに無理無理に頼み込んで、連れてきてもらいましたもので」

拝聴、などした覚えはないし、連れてきてもらったわけでもないが、この場を平和に収めるためにはこの際、何でもありだ。

「あっ、そう。懐かしいね。何期生？　学部どこ？」

歩きながら気安い口調で大河内が尋ねる。

底の柔らかなスニーカーのせいもあるが、丸石の上なのでバランスを崩しそうになる。斎藤と二人、よたよたとついていくが、大河内との距離が空きがちだ。あらためてさきほどこの川原を天狗のように身軽に飛んできた大河内の身体能力の高さを思い知らされる。

「伊能さん、ここヤバいかもしれない」

不意に斎藤が耳元でささやいた。

「何か？」

「静か過ぎる」

「静かなのがまずいの？」

「これだけ森があれば、鳥のさえずりや虫の音がうるさいほど聞こえてくるはずですよ」

確かにあたりの森に水音が吸い込まれてしまったかのように一帯は張り詰めた静寂に包まれている。

「地震が来るとか？」

「いや……」

不意に食欲を刺激する匂いが漂ってきた。

川原にシートが敷かれ、傍らのコンロには小さなやかん、それだけではない。石の上に素焼きの植木鉢が伏せられ、何かが焼けている。

「ますますまずい」

斎藤が呻いた。

一足先についた大河内が軍手で植木鉢を取り除ける。小さなたき火の上で肉が焼けている。

さらに植木鉢の内側の側面から何かを剝がし取る。

「どうぞ。ナンですよ、冷めないうちに肉を挟んで」

「これはどうも」

シートの上に腰を下ろし、渡された紙コップのコーヒーをすすりながら食べる。澄み切った空気と緑、そして水音の中で口にする究極の美味だ。

「いやぁ、すごいですね、大河内先生。文筆と冒険だけでなく、料理まで一流だ」

まるきりお世辞でもなく、腹の底から感心していた。

「こんなところで先生はやめておきましょう。ここではみんな仲間ですよ」

穏やかな貫禄を見せて大河内は続けた。

「植木鉢は素材的に焼き釜と同じだからね、子供達を連れてきてこれやると喜ぶんですよ。普段はキャンピングの道具はカヌーで運ぶんだけど、今日は大雨の後だからだめだ、とあの釣具屋の親父に言われて自転車にしましたが、これはこれで悪くない」

「いいですよ、大自然の中で、山の料理」

斎藤は、と見ると険しい表情であたりに視線を向けている。

それはそうだろう、と伊能は尻の下の銀色の保温シートや、コンロ、石の上の小さなたき火、素焼きの植木鉢などに目をやる。

女をその気にさせる小道具が揃っている。

自分たちと二桁は違うであろう収入と、年齢を感じさせない身体能力。学園祭にやってきたときからあまり変わっていない精悍なルックス。

気さくな態度こそ見せているが、自分たちとは男の格が天と地ほども違う。

そりゃ斎藤も心配で居ても立っても居られないだろう、と同情する。自分の女房ならこんな男と二人で出張しなければならない仕事など、即座に辞めさせる。

あたりを見回していた斎藤の顔が強ばった。

「危険です。すぐに戻ってください」

「はぁ?」

怪訝な顔で大河内が眉を寄せた。

「あれ」と川の対岸の崖を指差し、斎藤はスマホのカメラをかざし望遠にしてシャッターを切る。

画面を見ると、むき出しの岩の上に褐色のものが写っている。

「ああ、熊ね」と大河内がうなずいた。

「ここにいては危ない。しかも食べ物の匂いをさせるなど襲ってくれと言ってるようなものです」と斎藤は腰を上げかける。

「大丈夫ですよ」

冷静な口調で大河内が応じた。

「このあたりの熊は人を襲わない。サケが遡上（そじょう）するのでこの季節に降りてくるだけです。彼らの縄張りを侵さなければむやみに攻撃をかけてきたりはしない。遭遇したくないのはむこうも同じですよ。静かに無視することが、彼らに対しての礼儀でしてね、僕らはときおり熊がサケを漁っているこの川原で仲間とテントを張ったりしていますが、今まで事故が起きたことはない」

「たまたま運が良かっただけです」

斎藤が即座に反論した。

「これからも無事とは限りません。三毛別（さんけべつ）事件のことはご存じでしょう」

「あなた」

低い声でいづみが制した。

「有名な事件ですね、吉村昭さんも書いておられた」

返事をしながら大河内は空になった紙コップやコンロを片付け始め、いづみが慌てて手伝う。

「『羆嵐』のことですね」と斎藤が答える。

「ええ、さすがご主人、読書家ですね」

少しむっとした様子で斎藤は続けた。

「昔のことではなく、最近の若い作家も書いています。『シャトゥーン』を読めばヒグマがどれだけ恐ろしいものかわかります。とうてい人間は敵わない」

大河内は笑った。

「あれはね、あの作者は面白い読み物は書けてもヒグマについても北海道の自然についても何も理解していません」

「私はそうは思いません。小説としての誇張はありますが、基本としての知識はしっかりしている」

「ブルドーザーを使って熊と格闘するって、そりゃマンガでしょう」

「私はここで大河内先生と文学論争をする気はありません。ただ視界に熊がいるようなところでゆっくりしているのは危険だと申し上げているだけで」

「あの、もうお二人、車に戻ったらどうでしょう」

　穏やかな言葉遣いに凄みを込めていづみが斎藤と伊能に向かって言った。

「対岸の崖上ですよ。望遠レンズを通さなければはっきり姿を確認できないほど遠くの。そもそも彼らは我々になど関心を持っていない」

　大河内は苦笑交じりに言う。

「いえ、その気になって降りてくればあっという間に目の前ですよ。彼らは時速八十キロで走れるんですから」

「お詳しいですな、さすがに」

　斎藤の顔にかすかな羞恥(しゅうち)の表情が覗いた。

「所詮は机上のものです……」

　嫌味の無い男に見えたが、大河内もけっこう底意地が悪い。

「僕はこのあたりを拠点に四十年近く活動してきましてね。アラスカにも年数回、通っています。熊に限らず野生動物はむやみに人を襲ってはきませんよ。特にこの時期はサケが上ってくる。目の前にごちそうがあるのに、なぜわざわざリスクを冒して人を襲いますか。やられるとすればこちらの対応に問題があるからです。さて」と大河内は、片付けたものを手際よくバッグに詰め、傍らに置かれていた派手なヘルメットを手に取る。

「ここはご主人の忠告に従って引き上げます。確かにこうした場所で食べ物の匂いをまき散らしたのは好ましくなかった。心配してくれてありがとう。ご注意いただいたことに感謝していますよ」

やはり格上の男なのだと感心したのもつかの間、車に戻りシートベルトを締めたときのことだ。

バックしながら切り返しできる場所を探していた斎藤が、呻き声を上げた。

自転車二台は戻るかわりに、さらに奥に向かって走り去った。

「ご主人の忠告に従って引き上げます」と大河内は言ったが、引き上げて自転車を借りた店に戻るわけではない。熊を目撃した直後だというのに反対方向に去っていった。

地図を見ると川縁（かわべり）の道はこの先、尻別川支流を遡（さかのぼ）りさらに山の中に入っていく。イラストマップには、山道を上った先にかつての開拓時代の集落跡が保存されていることが記されている。

「なるほど」と伊能は思わず膝（ひざ）を打つ。

大河内は冒険エッセイで大衆的な人気を博した作家だが、彼を作家たらしめているものは明治時代の北海道開拓をテーマにしたノンフィクションだ。取材の目的はそこだろうというのが理解できた。となれば、大河内にしても斎藤の女房にしても、土地勘の無い素人から言われるがままに引き返したりするはずがない。

「運転、代わりましょう」

呆然（ぼうぜん）としている斎藤に伊能は申し出た。昨夜の飲み過ぎでぼんやりしていた頭も今の一件ですっかり目覚めた。

運転席に座った伊能はギアを入れ替え、車を前進させる。すれ違いスペースははるか川下にあり、曲がりくねった道を何百メートルもバックするのも疲れるし、危険だ。この先、山道とはいえ必ずどこかに道幅の広がった場所はある。

「ジジイの悋気（りんき）ですよ、笑ってください」

斎藤がぽつりと言う。自嘲と哀しみが入り交じった口調だ。

「だれでも心配しますよ、自分の女房が男と二人で泊まりがけ出張となれば」

「男女の焼き餅ならこんな惨めな気分にはならない。悋気は悋気でも、女房への嫉（そね）みですかね。自分でもわかってますよ。愚かで可愛らしかった、自分が男として守ってやらねばならなかったものが、何だか知らないが大きくなって、気がつけば見下ろされている。財布が大きくなって態度も大きくなった。送られてくる年賀状の厚み、人脈の広さ、もうとうてい敵わない。気持ちよく送り出してやって、お疲れ様と迎えてやれるほど、私は器の大きな男ではなかった」

「いえ、自分を大きな男じゃないと言えるのは、大きな男である証拠ですよ」

口先の慰（なぐさ）めが功を奏することはなかった。

「女は本能的に男に野性を期待するものなんですよ。若い頃、といっても四十間近になって妻にせがまれてオートキャンプをしたことがありまして、テントとバーベキューコンロを車に積み込んで軽井沢に行ったんです。ところがテントが張れないんですよ。説明書をちゃんと読んでその通りにやっても。慣れてないものでちょっとしたコツが摑めない。近くに運送会社の従業員のグループがいて、手伝ってくれましたよ、おめえ、張れるのは自分のテントだけか、とシモネタを飛ばしながら」

「大したことじゃありませんよ、テントくらい」

「それでバーベキューをしようとしたら、こんどは火起こしができない。着火剤を使い果たし、近くの枯れ枝を拾ってきてもだめ、もう何をどうやっても火が付かず、あるのは生肉と生野菜だけで、妻は泣きそうな顔になっていたが、こっちはもっと泣きたい気分だった」

「炭が湿っていたんですか」

「備長炭だったのですよ。なんでも一流が好きなスノッブ男のやることなんてそんなものでしてね、備長炭は確かに火持ちもよく、じっくり肉が焼ける。ただし焼成温度が高いから炭化率が高くてほとんど結晶。だから普通の黒炭から着火するか、コンロでも使わないことには火が付かない。そんなことも知らずにブランドだけで炭を買う。テントも張れない、火起こしもできない……ひょっとするとあのとき妻はすでに私を見切っていたのかもしれない」

「ま、そんなことできたって文明人の日常生活で役に立つわけじゃないですよ」

笑い飛ばしてみたが、先ほど植木鉢とたき火だけで焼き肉とナンを振る舞ってくれた大河内の所作と言葉と引き比べ、伊能自身も敗北感にとらわれる。

ヘアピンカーブを曲がりようやく直線の上り坂に出たところに砂利を敷いたすれ違いス

ペースがあった。鼻面をそちらに向けて切り返そうとしたそのとき、傷んだ路面を跳ねながら猛スピードで下ってくる自転車が視界に入ってきた。手前に大河内、その後ろに斎藤いづみ。

血相を変えている。

車を見た大河内がブレーキをかける。が、ロードバイクのブレーキなどもともと利きにくい。車の脇をすり抜けて通り過ぎ、その後ろから来たいづみが何か叫びながらブレーキをかけた拍子に体が飛ばされ、頭から藪に突っ込んでいった。

その彼らを追うように、頭を下げた褐色のものが毬(まり)のように飛んでくる。

「あ、ばか、よせ」

大声を出したが遅い。斎藤が助手席から飛び降り妻が突っ込んだ藪に駆け込む。

熊の大きさがぐんぐん増してくる。先ほど斎藤が口にした時速八十キロは大げさだろうが、車の速さは十分にある。

「頼む」

藪から顔を出して斎藤が叫んだ。その隣でいづみが何か叫んでいる。

何を頼まれているのか、とっさに理解した。

彼らが車に避難する時間は無い。

伊能はハンドルを握り締め、無意識に身をかがめアクセルを踏み込んだ。

チキンレースだ。

「頼む」

斎藤と同じ言葉を伊能は愛車に発した。

「頼む、一緒に……」

せいぜい大型犬くらいにしか見えなかった熊は距離が縮まると、道をふさぐ岩のように巨大になった。

恐怖が体を貫いた。

絶叫しながらハンドルにしがみつく。

頭を下げ体を丸めて走ってきた熊は、不意に一つ跳ねるとくるりと向きを変えた。車ほどのスピードで走ってきたのがいきなりの方向転換だ。あまりに柔軟な動きにあっけにとられる間もなく凄まじい衝撃とともにシートベルトが腹と胸に食い込んだ。

褐色の固まりが路面に転がり滑っていく。

やった、と雄叫びを上げかけたとき、転がった体が反転した。生きている。分厚い毛皮に包まれた頑丈な体が怪我を負った様子もなく、藪の中に逃げ込んだ。とっさに体の向きを変え、正面衝突を避けたのだ。その知恵に驚かされる。

「もう大丈夫だ、早く乗って」

背後の藪の中にいる斎藤夫婦に声をかける。数十メートル背後で自転車を捨てた大河内も駆け寄ってくる。

藪に突っ込んだ衝撃であちこち怪我をしたのか、恐怖で腰が抜けたのか、立てないいづみを、どこからそんな力が出たのか、斎藤は肩に担ぎ、後部座席に放り込むと自分も乗り込む。その斎藤の体を押し除けるようにして、大河内が頭から車内に突っ込んできた。

「あれを、早く……」

叫ぶと同時に大河内は斎藤と折り重なったまま、勢い良くドアを閉めた。

正面に向き直った伊能の視野に巨大な頭と黄色の牙が飛び込んできた。

いったん藪に後退した後、戻ってきたのだ。

車が揺れる。運転席側の窓に長さ五センチはありそうな、黒くぎらつくかぎ爪を引っかけて熊は立ち上がった。

「シートベルト」

後ろの人々にそう叫んで勢い良くバックした。褐色の上半身がいったん軽やかに路面に着地し、すぐに後ろ足で立ち上がった。

大きい。ボルボの車高をはるかに越える背丈だ。

「無理だ、熊にとってこんな車、段ボールみたいなものだ」

諦念（ていねん）を込めた斎藤の静かな声が聞こえた。

「こんな車で悪かったな」

無意識に怒鳴り返していた。

「質量×加速度＝力」

そう叫びながら、アクセルを踏み抜くように足をつっぱった。

跳ねるように車が飛び出した瞬間、すさまじい金属音とともに、砕けたフロントガラスが頭上に降ってきた。同時に顎から胸、腹にかけて柔らかなグローブで殴られたような衝撃があり、背後に居た大河内の体が「うぉっ」という悲鳴とともに天井と助手席の背もたれの間を飛んできた。シートベルトを締めるのが間に合わなかったらしい。

辛うじて隙間に挟まってフロントから外に投げ出されるのは免れた。

運転席のエアバッグが膨らみ、伊能の体を座席に固定していた。

遮るもののなくなったフロントからボルボのひしゃげたボンネットが見える。

熊の姿は無い。

正面からぶつかった衝撃で今度こそ逃げていったのか。

「早く逃げましょう。熊はあの程度では痛くもかゆくもない、車くらい簡単に壊します。ブルドーザーでもなければとてもかなわない」

こんな風になっても斎藤の口調は冷静だ。

「そりゃ小説の話でしょう」

手足をばたつかせてようやく後ろの座席に戻った大河内が反論する。

後部座席の論争になどかまってはいられない。この場を去ろうとすれ違いスペースまでバックしようとした。

車が動かない。

機械的な故障の感じではない。妙に重い。運転席からおそるおそる下を覗く。何もない。

「斎藤さん、窓から下、見てくれる?」

後部座席に声をかける。

うっ、と息を呑む声があった。

「いますよ、います」

大河内のひそひそ声が答えた。

「下に潜ってる」

「死んだの」

ようやくいづみが言葉を発した。

「わからない」

「死んでるわけない」

斎藤が冷たく言った。

「ワゴン車だってばらばらにするやつだぞ」

「だからそんなのは小説の話ですよ」

「どうでもいい。すぐに電話だ」

遮るもののないフロントからいつ黄色い牙と鋼鉄のような爪が覗くかと思えば生きた心持ちもせず、凍りついたまま伊能は、この期に及んで呑気に議論している男二人を怒鳴りつけながら、ギアをチェンジし、なんとか車を動かそうとする。

しかし巨大な熊の体のどこがひっかかっているのか、車はぶるぶると揺れるばかりで動かない。

「圏外になっている」

斎藤が絶望の声を上げる。

「すまない、僕のはあのバッグの中だ」と大河内が背後、十メートルほどの路上に横倒しになっている自転車を指差す。

いづみの悲鳴が聞こえた。

「どうした？」

「私のスマホ、ヒビが。さっき熊にくわえられたから」

「ちょっと待て」

斎藤が尋ねた。

「熊がくわえたって？」

「というか、グレープフルーツとか入っているバッグを投げつけて逃げたのよ。でも熊がくわえたバッグから、スマホだけ滑り落ちたんで、すぐに拾ってポケットに入れて逃げてきたのよ」

「それだ」

斎藤が低い声で言う。

「一度、所有したものに熊は執着するんだ。たとえ食えないスマホ一つでも、自分のものを持っていかれたと思って襲ってくる。執念深く攻撃をかけてきたのはそのせいだ」

「どうでもいいだろ」

伊能はひび割れたスマホをひったくる。そちらは圏外ではなかった。警察に繋がった。

「熊に襲われて、車でぶつかって撃退しました。死体が挟まっていて車が動きません」

「ちがいますよ」

斎藤がスマホを取り上げた。

「死んでいるかどうか確認できません。息を吹き返したら危険です。たぶん死んでいません。車のフロントガラスを割られました。至急、救助をお願いします。え、場所?」

スマホを大河内に渡す。大河内が説明している間に足下から不快なきしみ音が聞こえてきた。

悲鳴を奥歯でかみ殺し、とにかくアクセルを踏んでみた。車はうなりを上げるばかりで動かない。

「猟友会の人間と警察が来る」

通話を終えた大河内が強ばった顔でスマートフォンをいづみに返す。

「何分ぐらいかかると言ってましたか?」

伊能は尋ねた。

「さあ」

大河内は首を横にふる。「いずれにせよ、二度の衝突で熊はそうとうなダメージを受けているから大丈夫でしょう」

「手負いの熊の怖さを知らないのか」

斎藤が反論する。

「話に聞いた、本で読んだ。だが僕は手負いの熊に遭遇したことはない。君は遭遇したことがあるのか？」

大河内が尋ねる。やはり底意地の悪い物言いだ。

床下からの不気味な気配に怯えながら待つ時間は異様なまでに長い。

ガラスの割れたフロントから吹き込んでくる風は冷たく、酸化した脂と排泄物、そして山の土の臭いの入り交じった強烈な悪臭を帯びている。あたかもこれは停戦であって、戦いはこれからだ、と床下から威嚇しているようだ。

気丈なはずのいづみのすすり泣きの声が聞こえてくる。

どれだけ待っただろう。ぎしり、と床がきしんだ。無意識のうちに頭を両手で抱え、飛行機墜落時の安全姿勢のように身をかがめた。さらにきしみが大きくなった。車体が揺れる。今にも、ガラスの無くなったフロントから熊の顔が覗き、鋭く長い、鋼鉄のような爪を生やした腕を突きだしてくるような気がした。

その数秒後にパトカーのサイレンの音が聞こえてきた。床下の手負いの熊は伊能たちよりはるかに早くその音を聞きつけ反応していたのだ。

その鋭敏さに伊能は震え上がる。まもなく白黒ツートンの車体がバックミラーに映し出された。

サイレンが止まり、制服姿の警察官二人と銃を手にした男が二人、パトカーから降り立った。

「ああ、あれかぁ」

「気をつけてくださいよ、突然、襲ってくるから」

苛つくほどにのんびりした口調のハンターと警察官の会話が聞こえてくる。

「伏せろ、あたるぞ」

とっさに後部座席に向かって伊能が叫ぶと、落ち着き払った声で斎藤が「伏せても、熊撃ち銃の弾は車のボディくらい貫通しますよ」と答えた。

銃を構えたままハンター二人は車に近付いてくる。あたりの空気を震わせるような威嚇の声が聞こえたが二人に動じた様子はない。至近距離までやってくると、二つの銃が火を吹いた。衝撃が足下に伝わる。さらに二発、三発。

後部座席で大河内が大きく息をついた。

「昔はこんなことはなかった。熊はむやみに人を襲ったりはしなかった……」

小さな弱々しいつぶやきが聞こえた。

十分後、熊が死んだことが確認され、伊能たちはようやくボルボから降りた。少し遅れて到着した別の猟友会の人々が死骸を車の下から引きずり出す。後ほどクレーン車で運ぶと言う。

熊と闘ったボルボのボンネットは飴細工(あめざいく)のようにつぶれ、ラジエーターがパンクしたのか、路面には黄緑色の血液のように大量の冷却液が流れ出していた。

床下から熊を引きずり出した後も走れる状態ではなく、エンジンキーを回してももはや何の反応もしなかった。

ボルボは死んだ。

「すまん……」

伊能はつぶれたボンネットを両手で抱いて、その場にしゃがみ込んだ。

「すまん、俺のために闘ってくれたんだな。一緒に闘ってくれたんだな」

片目になったヘッドライトをなでると、涙が溢れてきた。

原型を留めないその鼻面に顔を押しつけて伊能は声を上げて泣いていた。

「悪かった、俺までボロだの大食らいだの罵(ののし)って。許してくれ、こんな姿にしてしまって」

自転車で転倒した際に怪我をしたいづみと衝突の衝撃でやはり頭を打った大河内は、遅れて到着した救急車に乗せられ病院に運ばれた。

猟友会の人々は伊能たちを彼らの車で送ると言ってくれたが、ボルボをこの場に置いて立ち去ることなどとてもできない。

あきれ顔の猟友会の人々に守られ、レッカー車が到着するまで、陽が傾きつつある路上で伊能はボンネットに両手を置いたまま、じっと立ち尽くしていた。

ようやくやってきたレッカー車は、すれ違いスペースで苦労して方向を変えた後、もはや自らは動くことのないボルボのひしゃげた鼻面の下にアンダーリフトを差し込み、つり上げた。

後輪をドーリーに乗せられたボルボが動き出す。

角張ったフォルムが遠ざかっていく。

前面は見る影もないが、後ろ姿は美しいままだ。

伊能は背筋を伸ばし右手の肘を真っ直ぐに張り、陸軍式の敬礼をする。そのまま視界から消えるまで見送った。

ふと気がつくと、傍らに斎藤が突っ立っている。

「あれ、救急車に同乗しなかったの？」

「患者が二人、隊員が三人、定員オーバーで断られました。どうせ顔面すりむいただけですから、仕事を最後までやってから帰ってくるでしょうね。あの人のことだから」

諦めたように、しかし吹っ切れたように斎藤は微笑した。

ロケバスアリア

「メリーウィドウ」と四十も年下の同僚に言われた。

何のことやら、と春江が肩をすくめると「陽気な未亡人」と、その同僚、真衣は言い直した。

　ははん、と春江はうなずく。

　夏祭りのカラオケ大会で浴衣を男着物風に着流し、「浪花節だよ人生は」を歌っていたら、「よっ、後家の青天井！」と近所の親父から声がかかった。

「さすが音大出のお嬢は違うわ。洒落た言葉、使うじゃないのよ」と、真衣のぴちぴちと張り切った白衣のズボンの尻を一つ叩いてやる。

夫を看取った後、いつまでも泣いてばかりいられない、と、さる医療法人が経営するデイサービスセンターに勤めて五年になる。

　今年で三十代に突入した音楽療法士の大谷真衣とはほぼ同期入社だ。苦労知らずに真っ直ぐ育った娘に特有の無防備な人の良さが好ましくもあり、頼りなくもあり、ひな鳥を見守るような気持ちでつき合ってきた。

フロア内が急に騒がしくなる。利用者たちの帰宅時間が迫ってきた。送迎用車両が数台、エントランス前に並び、ドライバーが空の車椅子を押してくる。

「しばらく会えないね」

「元気でね」

「コロナ、気をつけるんだよ」

利用者一人一人にマスク越しに声をかけて送り出す。

新型コロナウィルスの感染拡大に伴う緊急事態宣言下でも、利用自粛を呼びかけながらしばらくの間営業していたデイサービスセンターだが、明日から三週間をめどに自主休業に入る。

老人たちの立ち去った後の室内のテーブルや椅子、備品などをアルコールで拭き終えると、春江たちスタッフは先を争うようにして更衣室に駆け込み私服に着替える。

三週間とはいえ、実際のところいつ再開されるかわからないまま、スタッフもしばらく休みになる。

通用口の扉を開けると、冷たくなりかけた風に乗って頭や肩に白くひらひらしたものが降りかかる。枝がたわむほどに花をつけた八重桜(やえざくら)が盛りを過ぎ、薄暗がりに雪のように花びらを散らしていた。

新型コロナの流行がなければ、この花の下にベンチや車椅子を出して、センターの年中行事の一つであるお花見会が開かれるはずだった。

「それじゃ春江さん、いよいよだね。一生懸命練習したんだから、あとは思いっきり楽しんでね。最高の記念になると思うよ」

自転車置き場でミニサイクルのかごに荷物を押し込んでいると、マスクで顔が半分隠れた真衣がハグしてきた。

「ほら、三密禁止」

すかさず施設の看護師から声がかかり、慌てて離れる。

「うん、歌ってくるよ、もう、今から胸がどきどきする」

「大丈夫、大丈夫、春江さんなら。動画、LINEで送ってね」と真衣に言われて親指を立ててうなずく。

真衣や他のスタッフに手を振って別れ、自転車に乗る。

緊急事態宣言に伴う公演自粛要請のために、すべてのイベントが中止になった地方都市の音楽ホールが、観客を入れないことを条件に一般開放されるという話を孫の大輝(だいき)から聞いたのは、つい先週のことだ。三時間二十万円という破格の値段で、音響、照明設備などのほかに、エンジニアまで付けて貸し出される、という。

湖月堂(こげつどう)ホールというそこの名前を聞いたときは躍り上がった。

こんな折でもなければ、絶対に上がることのできない大舞台だ。

実際のところ楽器屋の運営する古い中ホールなのだが、春江にとっては雲の上の「あの人」が立った場所だった。

そこで「あの人」が歌った曲を歌う。無観客は当然のこととして、動画配信しようなどという大それた目論みもない。

あの舞台に立てればいい、あの舞台に立って歌えればそれでいい。

せっかくだから記念のＤＶＤも作ろう、と大輝に提案され、即座に同意した。

「あたしの葬式のときにでもかけてみんなで楽しんでよ」と言ったら、大輝は腹を抱えて笑ったが、娘たちからは「縁起でもない」と本気で怒られた。だが、辛気くさいのと湿っぽいのはごめんだ。

湖月堂ホールのある浜松までは孫の大輝が運転する車で行く。

録音録画も大輝に頼んだ。

不要不急の外出を控えるようにと呼びかけられている時期でもあり、片道二百五十キロを超える移動ははばかられるが、公共交通機関は使わず、ホールでの滞在時間もわずか三時間だ。

決行にあたっては、車から降りるのはトイレ休憩のみとして外食はせず、車内で弁当を食べる、食事中と舞台で歌うとき以外はマスクを外さない、などなどを大輝と約束した。

コロナなんぞで鬱々としてはいられない……。

一人住まいのアパートに戻ると、入念に手を洗った後、和室に置かれた仏壇の前に座る。

夫の遺影に「ただいま」と声をかけ、お茶と仕事帰りに買ってきた鯛焼きを供える。

酒も甘い物も大好きだった夫だが、病気が進行してからは口からものを食べられなくなり、胃瘻（いろう）で命を長らえて亡くなった。あの世に行ったら、好きなものをお腹いっぱい食べられるのだろうか、などと考えると切ない。

遺言では、春江は自宅である大きな一軒家に次女一家を呼んで一緒に住むように、ということだったのだが、今の仕事を始めた翌年、春江は職場近くにアパートを借り、次女一家を残して住み慣れた家を出た。

せっかく子供や孫と住めるのに何を好きこのんで、と親類からも近所からもあきれられたが、ショートステイのケアなどもあって過酷なシフトの組まれる仕事でもあり、職住近接の楽さは魅力だった。それ以上に、死ぬ前に一度くらいは、自分自身のための生活を手にしてみたかったのだ。

鈴（りん）を一つ鳴らしたのと同時に、インターホンが鳴った。

新聞の集金かと魚眼レンズを覗くと、短い髪を頭のてっぺんにつんつんとおっ立てた若い男の顔がある。

「おかん、サプライズだ」

ドアを開くと孫の大輝が段ボール箱を抱えて立っていた。

長女の息子の大輝が生まれたとき、春江は四十代も半ばの女盛りだったたから、「ばば、とは呼ばせないからね」と宣言したら、いつのまにか「おかん」にされていた。

「なんだよ、こんな時間に」

「今日、おかんの誕生日だよね」

「あら、ほんとだ」

めでたいのか、めでたくないのか、遂に古希を迎えた。

早番早番遅番遅番夜勤遅番早番遅番………。変則勤務のせいで自分の誕生日などすっかり忘れていた。夫の命日はしっかり覚えているというのに。

「それで来てくれたの？　ありがとう」

見上げるような背丈の孫が、ずかずかと部屋に上がってくる。

「これ、おふくろが通販サイトで選んだやつ」と段ボール箱を開けて逆さにする。中からシルク光沢の布があふれ出てきて畳の上にきらびやかな山を築いた。

「何、この華やかなものは」と目を見張り、持ち上げてみる。

ドレスだ。

「着てみてよ、お袋に画像送るから」と大輝がスマホを取り出す。

「せっかくホール借りてDVDを作るんだから、カラオケ大会用のラメはやめておけ、ってさ」

「そんな、まあ」と呆気に取られた。「ばかだね、あの娘は、こんなもの高かったろうに」

「ドン・キホーテより安い中国製」とこともなげに大輝が答えた。

さっそく隣の部屋で着替え、洋服ダンスの鏡に映して歓声を上げた。

煙ったような菫色のサテン、大きく開いた胸元。オフショルダーの肩先から胸にかけては、バラの花を並べたように生地が寄せてある。添えられたワイヤー入りパニエをはくと、たっぷりギャザーを寄せたスカートの裾が座敷一杯に広がった。

あのホールでリサイタルを開いたあこがれの人、宮藤珠代の着ていた衣装とそっくりだ。もっとも向こうは絹、こちらはポリエステルだが。

仕事から帰ってきたばかりでまだ化粧を落としていない。皺はあってももともと作りが大きい派手な顔立ちなので、舞台衣装は意外なくらいしっくり似合っている。腹は出ているが胸も大きいから、肩を露出させて開いたえりぐりも様になる。

「お、いいじゃん」

襖を開けた大輝がさほど感情も込めずに言い、スマートフォンで写真を撮る。母親に送ると、そそくさと帰り支度を始めた。

「待て、夕飯食べていけ」

「いい、いい」と片手を顔の前で振り、スニーカーに足をつっこむ。

いつもどおりの素っ気なさだ。パーカーのフードが揺れる後ろ姿をアパートの廊下で見送っていると、外階段を下りかけた大輝が思い出したように足を止め、こちらを振り返った。

「あ、俺からのサプライズは、明後日ね」

ホールにいく当日のことだ。ドレスは母親からのサプライズ、それとは別に自分でも何かを用意したらしい。

「無理しなさんなよ」と孫の懐具合を案じながら手を振る。春江としては孫たちが何やかやとアパートを訪れ、顔を見せてくれるだけで十分だ。

　朝の七時に大輝はやってきた。

「ご飯は？」

「済ませた」と言いながら上がり込み、ハンガーにかけておいたドレスとパニエをむき出しのまま抱えて出て行こうとする。

「待って、ドレス、箱に入れなきゃ」

「皺になるだろ」と言いながら外階段を駆け下りていく。

　楽譜や身の回りの物を収めた大型キルティングバッグとステージ用の靴の入った箱を手に、春江も部屋を出る。

　ふと下を見て首を傾げた。大輝が乗ってくるはずの軽自動車がない。かわりに大きな車が狭い道を塞いで止まっている。

「まさか、あの子……」

　階段を下りて確かめると、やはり緑ナンバーのマイクロバスだ。

「あんた、これ会社のじゃないの」

「おふくろの軽じゃ衣装や機材が乗らないよ」

サプライズとはこのことだった。祖母をロケバスに乗せて浜松に向かおう、というわけだ。タレントか女優のように。

「社長に話したら、ばあさん孝行してこい、って」

「あの社長さんが」

会ったことはないが、なかなかの苦労人だと聞いている。

大輝が大麻所持で捕まり、大金を払って入った大学を退学処分になったのは四年前、春江が自宅を次女たちに譲り、アパートに引っ越した直後のことだった。

狼狽（ろうばい）した長女から電話をもらい、職場を早退して自転車を飛ばし、一家の住む世田谷のマンションに駆けつけたところ、娘婿は怒り狂い、娘は泣きわめくばかりで話にならない。

微罪で釈放され警察から戻ってきた大輝は、北側の六畳間に置かれたベッドの隅に腰掛け、背中を丸めてふてくされていた。

怒鳴っている婿をなだめ、子育てに失敗したと刃物まで持ち出しかねない勢いで嘆き、号泣する娘を叱りつけ、大輝の部屋に入っていった。

孫の背中に向かって「おい」と声をかけた。

「しばらくうちに来てろ」

意識していなかったが、おそらく有無を言わせぬ口調だったのだろう。

ふてくされたまま大輝は、まだ引っ越し荷物も片付いていない春江のアパートに付いてきた。

説教するでもなくご飯を作ってやって、仕事の傍（かたわ）ら見守った。

このまま引きこもられたら大変だ、と毎日、春江の携帯に電話をかけてくる母親をよそに、大輝はほどなく食事の支度や買い物を買って出るようになり、十日ほど過ぎた頃、ロケバス会社のアルバイトを見つけた、と言って、祖母のアパートを出て行った。

勉強嫌いだが力仕事をいとわぬうえに、女の子の孫より気が利くくらいなので、水が合っていたのだろう。

「真面目に働くなら前科も学歴も問わない、俺が責任をもって育てる」と豪語する社長に見込まれ、洗車や事務所の雑用から始まり、翌年には中型免許を取得し、いつの間にか正社員のドライバーとして、そこで働くようになっていた。

「コロナでロケも撮影もみんな中止なもんで、うちの会社、開店休業なんだ」

説明しながら大輝はマイクロバスの観音開きの後部ドアを開き、荷物を運び込む。

「だからって社員が私用で使うわけにもいかないだろう」

大輝はこくりとうなずいた。

「東京浜松往復と現地滞在時間を合わせて、出庫から帰庫まで十三時間。運賃と実費、込み込みで十二万六千四百円」

「ほう……」

安いのか高いのかわからない。

「運輸局が決めた公示運賃ってのがあってさ、それより安くできないんだ」

下請け、孫請けのバス会社が、極端なディスカウントをして車を走らせた挙げ句、事故を起こすケースが多発したために定められたものなのだと言う。

「うちの会社の時間あたり単価からするとトータル十八万くらいになるんだけど、今回は社長が運輸局の決めた最低ラインで見積もってくれた。そんなもんで……半分は俺がもつから」

声が小さくなる。

「残り半分はおかんに出してもらっていいかな」

「なんだよ」と春江は笑った。

「あたしが全額出す。そもそも今回のこれは、あたしの長年の夢だったんだから」

亡夫の生命保険、遺族年金、春江自身の厚生年金、パート収入、そしてだれにも明かしていないが、大きな一時金をまもなく手にする……。

「いや、そのへんは、俺も一応社会人だから、半分は出させて」と言いながら、大輝は「乗って」と折り畳み式のドアを開けてくれる。

ステップを上がると奇妙なものが目に飛び込んできた。裸電球に囲まれた大きな鏡が壁に貼り付いている。その下部には高さ三センチほどの縁のついた四角い盆のような金属製の棚が張りだしている。

「あ、これ化粧台。うちの会社の標準装備」

「何？　ここで女優さんが化粧するの」

「もちろん。通称、女優鏡っていうんだ。この前は松嶋菜々子が使った」

「ほんと?」

「そりゃロケバスだもんよ」

女優鏡……。

手を触れてはいけないもののような気がして、その奇妙で物々しい形容の鏡をしげしげと眺める。

感心しながら化粧台の後ろのシートに座ろうとすると「その前に消毒!」と大輝がドアの方を指さす。

ステップの脇に冷蔵庫があり、蓋の上に手指消毒用のアルコールボトルが一つ乗っている。

「冷蔵庫が付いてるの?」

「それもうちの会社の標準装備。飲物もスナックもあるから適当にやってて」

春江にそう声をかけ、大輝は車の後方に行き、先ほど運び込んだ荷物を固定していく。

バスの後部は荷物室になっており、畳んだマイクスタンドが数本床に寝かされ、その脇に輪にしたケーブルやマイクその他の細かな機材を入れたプラスティックコンテナが置かれていた。

天井に取り付けられたハンガーラックには透明ビニールを被せたドレスが吊されており、サテンの裾がフロントガラスから差し込む朝日を浴びて、化学繊維に特有のきらびやかな真珠光沢を放っている。

最後部のシートに年配の男が一人乗っているのに気づいたのはそのときだ。

男はすばやく立ち上がると近付いてきて、名刺を差し出した。

「リベラミュージックの神宮寺（じんぐうじ）でございます。本日の録音のサポートとＤＶＤ制作を担当させていただきます」

痩身をスタンドカラーのシャツとゆったりしたズボンに包み、額の上まではげ上がった髪を襟首につくかつかないかくらいの長さに切り揃えてある。不織布（ふしょくふ）の白いマスクからごま塩の髭がのぞいている。

名刺の社名の脇に「録音、録画、演奏会の企画・サポート、ＤＶＤ制作」とあり、男の肩書きは「ディレクター」となっていた。

てっきり大輝が一人でビデオカメラを回し、ＤＶＤに焼いてくれるもの、と思い込んでいたから、制作会社が入ったことに驚く。これもまた大輝の言う「サプライズ」なのだろうが、孫と二人で気兼ねなく浜松に行って歌ってくるつもりでいたところに初対面の男が現れ、いささか面食らった。

「せっかく音楽ホールを借りるんだし、一生に一度の大舞台なんだし、やっぱ、プロに任せなきゃ」

大輝に言われ、「それはそうだわね。畔上（あぜがみ）春江です。よろしくお願いします」と愛想良く、神宮寺に頭を下げる。

「あ、費用は俺もちだから心配しないで。リベラさん、業界じゃ一番良心的なところなんで」と言いながら大輝は運転席に移り、コロナ対策の透明なビニールカーテンを勢いよく閉めた。

神宮寺は「藤森さんには日頃何かとお世話になっておりまして」と言う。藤森は大輝の姓だ。聞けば神宮寺はテレビ番組の収録やＤＶＤの制作などで、何度もこちらのロケバス会社を使っているらしい。

「二人とも座ってシートベルト締めて」と大輝から声がかかる。

両脇の住宅やアパートの軒先が迫ってくるような狭く曲がりくねった道をロケバスはゆっくり進んでいく。

宅配便の車でさえ入ってくるのに難儀する狭い路地をどうやって通過するのか、と心配している春江をよそに、大輝は幅も長さもある車を器用に操り、スムーズに幹線道路に出した。

車高があり、幅も広いだけにフロントガラスからの眺めは良い。一方、脇の窓ガラスを通した景色は、夕闇がかかったような暗さだ。

「アイドルとか有名人とかが乗るからさ、外から見えないようにスモークになってるんだ」

運転しながら大輝が得意そうに説明する。

「へえ、大地真央とかも乗ったのかな」

「さぁ……。俺たち、そういうことは家族にも明かしちゃいけないことになってるんで」

「さっき松嶋菜々子が乗った、って言ってただろ」

「嘘に決まってんじゃん」

「このやろう」

神宮寺が、くすりと笑うのが聞こえてきた。やはり他人が一緒というのは少し気詰まりだ。

慢性的に渋滞している環八(かんぱち)通りも、この日は緊急事態宣言下の自粛で車が少なく、三十分足らずで用賀(ようが)インターから東名高速に乗ることができた。

こちらは一般車とバスは少ないが、トラックとトレーラーが多く、脇を猛スピードで走り抜けていく。

その気になれば飛ばせるのだろうが、大輝の運転するロケバスは三車線の真ん中を一定の速度で走行していく。ルームミラーには前方に視線を向けた大輝の冷静そのものの目が映っている。普段の可愛いお調子者の孫が一変した。仕事をする男の顔だ。くっきりした眉と彫りの深い目元に不意に感傷的な気分がこみ上げる。五十年近く前に亡くなった春江の父親にそっくりだ。

「藤森さんの運転は実に危なげなくて、我々も乗ってて安心なんですよ」

通路を隔てた隣のシートに腰掛けた神宮寺が、顔だけでなく上半身を春江にむけ、話しかけてくる。どこかで見たような格好だと思っていたら、テレビで目にする皇室の人々の仕草だ。

「危なげないのは当たり前ですよ」と大輝がルームミラーの中で鼻の穴を膨らませる。

「アイドルや大物俳優が乗ることもあるんだから、ぶつかって怪我でもさせたらうちの会社、潰れますから」

「そそっかしい子なんだけど、仕事についてだけはちゃんとしてるんですよ」と春江も、くすぐったいような気分で謙遜とも自慢ともつかない言葉を口にする。

のしかかるように高い遮音壁がほどなく途切れ、フェンスの向こうに緑がのぞき、やがてあたりの景色がひらけてくる。

大井松田インターチェンジの手前にさしかかった頃、運転席の大輝から「おかん、富士山だよ」と声がかかった。

通路側に身を乗り出すとフロントガラス越しに、白く輝く富士山が見えた。

「おお」と神宮寺が歓声を上げ、春江はほとんど反射的にスマートフォンを取り出しカメラに収めた後、その神々しい峰に向かい手を合わせた。

今日の舞台、成功しますように。うまく歌えますように。

東京を離れるに従い、楽しみな反面、緊張感が高まってきた。

職場や町内のカラオケ大会とは違う。観客こそいないが、あの宮藤珠代の立った湖月堂ホールの舞台で歌うのだ。

大手電機会社で働いていた独身時代も、結婚して子育ての傍ら給食調理員として学校に勤めていた頃も、何よりの楽しみは歌だった。

半生を歌と共に生きてきたようなものだが、音楽ホールでクラシックのオペラを歌うなど、思いも寄らなかった。

「歌に生き恋に生き」が、今回、春江の選んだ曲だ。

トンネルを過ぎるたびに山々の緑が濃くなってくる。ところどころ山肌が桜で薄紅色に染まっている。コロナ禍でアパートと職場の往復以外、どこにも出かけないうちに、春は平地から山裾、山腹へとゆっくり登っていき、早くも立ち去ろうとしている。

ロケバスはスピードを緩めて足柄サービスエリアに入っていく。

「はい、トイレ休憩」と大輝が声をかける。

道が空いていたこともあり、家を出てからここまで一時間そこそこだ。

「年寄りは近いから」という孫の失礼な一言に、「あたしはまだまだ娘盛りだよ」と切り返し、手洗いに向かう。

「何も買ってこないでいいよ」と背後から声がかかった。

そう言われてもコーヒーくらいは飲みたいだろうと、手洗いから出てきて自販機の前に立つと、大輝が駆け寄ってきた。

「ほらほらそんなものいらないから」と車に連れ戻された。

大輝はまず手を消毒すると、冷蔵庫脇に置かれた大型ポットから紙コップにコーヒーを注ぐ。芳しい香りが立った。紙ナプキンを巻き付け、まず神宮寺に、それから春江に手渡す。キャビンアテンダントを思わせる手慣れた仕草だ。コーヒーが大型カップに七分目くらいしか入っていないのは、揺れる車内でこぼさないようにという配慮だ。

「ここにあるから、欲しくなったら勝手に飲んで。熱いから気をつけて」とポットを指差す。

「藤森さんは心配りが行き届いているので、アーティストたちにも評判がいいんですよ」

神宮寺に褒められ、照れくさそうに大輝は運転席に戻る。

春江の方も孫が褒められて悪い気はしない。傍らに置かれたトレイから神宮寺の分までクリームと砂糖を取って手渡す。

「いえ。私はブラックで」

神宮寺は片方の掌をこちらに向けて軽く頭を下げる。洗練されているのか気取っているのかわからない仕草だ。亡き夫は酒も飲んだが、コーヒーには必ず砂糖とクリームを二つずつ入れた。

神宮寺はおもむろにマスクを外す。

もみ上げから口元、顎にかけて、スティールグレーの髭(ひげ)に覆(おお)われている。それがいかにも入念に手入れされた様子で、オーデコロンの香りがつん、と漂ってきそうなたたずまいが、苔(こけ)色のスタンドカラーのシャツと相まって何とも気障(きざ)だ。

紙コップを持つ手の人差し指と小指が立っている。節高(ふしだか)だが、白く細長い指だ。

無意識のうちに、運送会社で整備士をしていた夫の節くれ立ったがっしりとした大きな手と比べている。いつもグリースの匂いをさせて、入念に洗った後にも黒い油が肌のきめにしみこんだ手だった。

　車はゆっくりとサービスエリアを出て行く。その先はトンネルと山道が続く。

「ところで畔上さんは、今回、どうして『歌に生き愛に生き』を歌われることになったのですか」

　コーヒーをすすりながら神宮寺が尋ねる。

「それはもう、ずっと歌が好きで、楽しいときも、つらいときはもっと、歌と一緒だったからですよ。私自身、歌と一緒に生きてきたんです。だから『歌に生き恋に生き』って題名がまず気に入って」

　それまで微笑(ほほえ)んでいた神宮寺の眉がぴくりと動き、一瞬、顔をしかめた。

「『歌に生き、愛に生き』です」

　あっさり訂正された。説明はない。さりげなく上から目線だ。

　だが宮藤珠代のリサイタルのプログラムは「恋に生き」になっていたし、何かのテレビ番組でも「歌に生き恋に生き」と言っていた。それに「歌に生き」に続く言葉なら「恋に生き」の方が情熱的だ。何といっても「アモーレ」と、歌うのだから。

「畔上さんはオペラがお好きなのですか？　藤森さんのお話では、演歌がお得意だとのことでしたが」

「いえいえ、得意というほどでは」と謙遜して続けた。

「職場にね、デイサービスセンターなんですが、音大出の子がいるんですよ、音楽療法士で」

「ああ、なるほどその方の影響で……。音大卒業後にそちら方面に進まれる方は多いですからね」

何とも複雑な気持ちになる。

「『そちら方面』で仕事ができればいいんですけどね」

本人は音楽療法士のつもりでも、仕事の内容は春江たちと変わらない。

慢性的に人手不足の業界でもあり、雇う方も高齢者相手に歌を歌わせる仕事のためだけに人を付けたりはしない。

利用者の着替えや食事はもちろんのこと、入浴や排泄の介助、粗相の後始末やおむつ交換まで、介護士と同じ仕事をさせられる。

そんなことを話すと、神宮寺は「なかなか厳しいんですね、現実は」と嘆息した。

「で、すぐにその方はお辞めになった、と……」

「いえ。頑張ってますよ、五年間。いい娘ででね」

音大卒業後、ドイツに留学して音楽療法を学んだ大谷真衣は、胸膨らませて入ってきた職場で、介護現場の実態を目の当たりにして戸惑い、介護士と同じ仕事をする中で腰痛に悩まされ、「フロアに一歩入ったときの臭いで、もうだめなの」と悲痛な声を上げて、二日に一度は洗面所の鏡の前で泣いていた。

介護士としては春江も新人だったが、そこは年の功で、落ち込む同僚を励まし、作業の効率的な手順や我が儘な高齢者の扱い方を教え、汚れ仕事にさりげなく手を貸し、ついでに正しい手の抜き方も伝授した。

「なるほど、その方は良い先輩に恵まれたわけですね」

「いえ、先輩じゃなくて、同期ですよ」

「人生のキャリアが違います」

「そうですかねぇ」

かわりに真衣からはクラシック音楽の歌い方を教えてもらった。最初は医療法人内の合唱サークルに誘われ、発声や音符の読み方などの手ほどきを受け、法人内の施設のイベントで合唱団の一員として学校唱歌や懐メロを歌った。
二、三年前からは音楽リハビリに春江も駆り出されるようになった。正式な教育など受けておらず、真衣のようにピアノの伴奏もできないが、乗りが良くて地声も大きな春江の「歌のリハビリ」は、高齢者たちの間ではことのほか評判が良い。
「はい、それじゃ、いきましょう、一、二、三、四、はいっ」と声をかけて、春江が昭和歌謡の歌詞カードを掲げて歌いながら会場を巡り始めると、引っ込み思案な老女や、常に眉間に皺を寄せて口をへの字に結んでいる爺さんまでが、歌の輪に入ってくる。

本格的にクラシック音楽に触れたのは、一昨年の年末に自治体が主催するベートーヴェンの第九演奏会に、春江たちの合唱サークルが参加したときだった。

サークルの練習でドレミは多少読めるようになり、三拍子と四拍子の違いくらいはわかるようになったが、それでも分厚い楽譜を渡されたときにはめまいがした。

加えて意味のわからないドイツ語だ。日本語訳をざっと読んだ後は、真衣にルビをふってもらいカタカナで歌ったが、そう簡単なものではない。

仕事が終わると練習会場に駆けつけ、暇があるとテープを聴き、深夜、一人でカラオケボックスに行き練習した。最後の数日は豪徳寺（ごうとくじ）にある真衣の家まで出向き、彼女のピアノで特訓を受けた。

それだけに「歓喜の歌」の合唱がクライマックスを迎え、後奏の管弦楽が打楽器を伴う最強音で終わって会場に一瞬の静寂が訪れたときには、すべての光景が消えて光の渦に放り込まれたようで、しばらくの間、呆然としてつっ立っていた。

やがて鳴り止まぬ拍手に送られて楽屋に戻り、白黒の舞台衣装のままサークルのメンバーのだれかれとなく抱き合ってみんなで泣いた。

「それで声楽に目覚めた、というわけですね」

感心したように神宮寺が大きくうなずく。

「新しい人生が開けた気がしたわね、あのときは」

今でも、指揮棒が静かに下ろされ、静寂の後、客席から上がったブラボーの声とあたりを揺るがすような拍手、まぶしいライトの向こうに見える三階席まで人で埋まった会場の光景を思い出すと胸が熱くなる。

「それからしばらくして、その娘（こ）にオペラに誘われたんですよ。イタリアからなんとかいう楽団が来ていて、二人とも頑張ったご褒美に、たまにはゴージャスに過ごしましょうよって、言うから」

「何のオペラでしたか」と神宮寺が例によって上半身を春江の方に向けてきた。

「シモン……」

その先が思い出せない。

「ああ、シモン・ボッカネグラ。ヴェルディの。十四世紀のジェノバの政治を背景にした家族劇ですね。すばらしいものをご覧になりました。で、いかがでした？」

言葉に詰まった。他に言いようがないので率直に答えた。

「拷問」

「はあ？」

長かった。ひたすら長かった。信じられないくらいに。

舞台は薄暗く、オペラと聞いて思い浮かべる派手なドレスの女たちが舞踏会を繰り広げる場面もなく、年配の男が出てきて、延々と訳のわからない、代わり映えのしない歌を歌っていた。

眠れるほどに心地良くはなく、耐えに耐えて舞台脇の字幕を追うのも面倒になった頃、開始から三時間近い演奏会がようやく終わった。

「ああ……」

神宮寺は小さく眉を上げ、うっすらと笑った。

それが春江にとって拷問であったことは、真衣も理解したらしい。

「宮藤珠代」のリサイタルは、そんな真衣の罪滅ぼしのつもりだったようだ。

「クラシックは第九だけでいいよ、他のものはわからないから」と渋る春江を、「今度は、絶対、退屈させないから。春江さんの気にいるから」と言って、こだまに乗せて浜松まで連れて行った。

名物の鰻で腹ごしらえをした後のマチネだったので、これはよく眠れそうだと思いながら、タクシーで町外れのホールに向かった。木製の床がギシギシ言いそうな古びた建物だった。

縁のすり切れたビロード張りの座席に腰掛けてほどなく客席の明かりが消え、まばゆい舞台に藤色の清楚なドレスをまとったプリマドンナが現れたとき、自分でも不思議なくらい心が昂ぶった。

大仰な前奏もなく、この上なく透明な歌声が聞こえてきた。

「ちいさい秋みつけた」「いい日旅立ち」「からたちの花」といった日本の叙情歌のメドレーは、どの曲にも胸を締め付けられるような懐かしく切ない気分がこもっていた。

そして後半、髪を大きく結い上げ、裾の広さは四畳半ほどのトレーンを引く紫色のサテンのドレスで現れた宮藤珠代は、オペラのアリアを熱唱した。

どれもこれもなじみの無い曲ばかりなのに、輝かしく美しい世界に魂を持って行かれた。

「歌に生き恋に生き」の冒頭が聞こえてきたときには体が震えた。これほど美しく情感の籠もった歌声を聞いたのは初めてだった。

　カラオケで得意とするのは石川さゆりと八代亜紀だが、生涯出会った最高の歌手、といえば、春江にとっては美空ひばりだった。演歌でもなければポップスでもない、それは美空ひばりの歌で、彼女を超える歌手などこの先も出ないだろうと思っていた。ところがクラシックの領域には、美空ひばりに匹敵する歌手がいた。

　五十をとうに過ぎているというのに、威圧感さえ漂う美貌。大輪のバラというより牡丹の壮麗でふくよかな香気をまとった姿は、豊かでニュアンスに富んだ歌声と相まって神々しいほどだった。

　その日から「宮藤珠代」は春江の夢となった。真衣にルビをふってもらった楽譜を見ながらCDを何度も聴き、宮藤珠代の歌った日本の叙情歌を練習した。

　足元にも及ぶはずはない。だが、彼女と同じソプラノで同じ歌を歌えればそれで良かった。

　それからいくらもしないで、宮藤珠代が病死したというニュースを聞いた。

　数年前にがんを発症していたが、公表することなく治療を続けながらステージに立ってきたのだ。春江たちは闘病しながら歌い続けた歌姫の最晩年の舞台を目にして、その絶唱を聴いたのだった。

　自分より遥かに若い、あこがれの歌姫の死に、身内のだれかを失ったような悲嘆の思いがこみ上げ、しばらくの間、心が空っぽになった。

落胆している春江に、真衣は区主催の桜祭りで開催されるカラオケ大会への出場を勧めた。

「彼女のために心を込めて歌うのよ。きっと春江さんの思いは天国に届くから」と、宮藤珠代が歌った日本の叙情歌を数曲、リストアップしてくれた。

だが春江は真衣の選んでくれた日本の叙情歌ではなく、後半に聞いたオペラのアリアを歌いたかった。その圧倒的な熱量に心酔し、それこそが宮藤珠代の真骨頂だと感じたからだ。

いくつかのアリアの中から「歌に生き恋に生き」を選んだ。コンサートホールで一回聞いただけだからメロディーは覚えていないし、イタリア語だから歌詞もわからない。それでも宮藤珠代の歌ったこの曲の素晴らしさだけは心に刻みつけられていた。何より題名が良い。

「あのさぁ」と、そのとき真衣はため息をついて首を横に振った。

「難しいよ、はっきり言って。春江さんなら旋律を覚えて歌うことは簡単にできちゃうだろうけど。でも、その先がね。オペラのアリアって、日本人にとっては未知のものなんだよね。譜面づらじゃなくて、その精神的な部分が。文化的風土や宗教が根っこにあるから」

ひるまなかった。

文化だの宗教だのと言ったって、歌の心は国も民族も宗教も超える、と素朴に信じていた。

ソルフェージュどころか、楽譜を読むこともおぼつかない。それでももともとメロディーを耳で覚えるのは得意だ。だからカラオケ大会では常に上位入賞してきた。

「歌に生き恋に生き」の短く印象的な旋律は、CDを繰り返し聴いているうちに覚えてしまった。真衣がコピーしてくれた楽譜には、カタカナとローマ字の双方で歌詞が書かれ、日本語訳までついていたから、それを音源に合わせ、ときには真衣のピアノに合わせ、練習を重ねた。

そのうちにイタリア語もそれらしく聞こえるようになって、二ヶ月後には、激戦と言われる桜祭りカラオケ大会の予選をあっさり通過していた。

その頃には、宮藤珠代の足元にも及ばないながらも、「歌に生き恋に生き」は春江の持ち歌になり、本選に向け、自分なりの歌い方が形を成してきたような気もしていた。

真衣からも「優勝とは言わないけど、かなりいいとこまで行くと思うよ。春江さんの他にはオペラに挑戦する人なんかいないはずだから」と励まされ、胸を弾ませていたところが、新型コロナの感染拡大のために、桜祭りはあっさり中止になってしまった。

そんな折に大輝がネットで見つけてきたのが、浜松の湖月堂ホールを破格の値段で貸し出すという話だったのだ。

「瓢簞(ひょうたん)から駒と申しますか、いやはや」

マスクをつけた神宮寺が目元だけで笑い、角がぴんと立つほどきれいに畳まれたグレーのハンカチではげ上がった額をぬぐう。車内の温度が上がっているのか、冷や汗なのかよくわからない。

左手にまぶしく輝く海を望みながら、やがて日本坂トンネルを抜けた。大井川を渡り、車は浜松を目指して順調に進む。日本中が自粛しているのがもったいないような、暑いほどの晴天だ。

浜松インターの手前で大輝はスピードを緩めると、遠州豊田パーキングエリアに入っていった。小型車の駐車場はがら空きだが、大型車の方はほぼ満車に近い。

車を止め、大輝は春江と神宮寺に紙包みを渡した。

「はい、ロケ弁。こんなときレストランとか、避けた方がいいからね。特に年寄りは」

「それは私に言っているのですか？」

すこぶる穏やかな口調で神宮寺が尋ねる。

「いえいえ、すいません。うちの祖母に」と大輝が慌てて頭を下げる。

まだ昼にはやや早い時刻だが、湖月堂ホールの使用時間は一時から四時までの三時間と決められている。その前にここで食事を済ませるようにと言う。

「ねえ、どうせなら、外のベンチで食べない？　こんなに天気も良いんだし」

コーヒーを注いでいる大輝に言うと、隣のシートで神宮寺も「そうしましょう、三密を避けるためにも」と同意する。

「了解」

大輝はコーヒーを春江たちに手渡すと、紙袋に冷蔵庫の飲物を入れドアを開ける。

町中の飲食店はほとんど閉まっていたが、サービスエリア内の店は通常通り営業しており、トラックドライバーたちで混雑している。

店舗脇のベンチに座ろうとすると、大輝が「こっちこっち」と手招きする。

「そこ、けっこう人通りがあるから」と先に立って歩き、展望休憩エリア、と書かれた階段を上っていく。

「ああ、満開だ」

神宮寺が、階段を登り切るとマスク越しに荒い息を吐きながら声を上げた。

小さな藤棚（ふじだな）からおびただしい数の淡い紫色の花房が下がり、涼風に揺れている。

陽射しは思いのほか強いが、吹き抜ける風が気持ち良い。

「絶好のピクニック日和ですね。ワインでも開けたいなぁ」

神宮寺が空を見上げて目を細める。

「サービスエリアでワイン開けたらまずいでしょ」と大輝がたしなめるように言う。

茶畑を見下ろす藤棚の下のテーブルで、三人は少し離れて座り、弁当の包みを開けた。

「まい泉」のヒレかつサンドだ。

「うちのロケ弁の定番は『ぽんご』のおにぎりなんだけど、今日は、腹が重くて歌えないと困るからパンにしたんだ」

「我々、年配者にとってはありがたいですよ。軽くてもしっかりカロリーが取れるし。彼はこのあたりの配慮が行き届いているので」

神宮寺がマスクを外して、春江に向かって微笑みかける。少し照れくさくなるような礼儀正しい笑顔だ。

ソースのしみこんだパンはしっとりして、分厚い肉は風味豊かで簡単にかみ切れるほど柔らかい。

一口、コーヒーを飲むと、春江のカップにひらりと薄紫色の花びらが舞い落ちた。

「これはこれは、風情がありますね。幸先いいですよ」

神宮寺が晴れやかに笑う。

見上げれば薄紫色の花房の間からのぞく空はどこまでも青く、澄み切っている。

神宮寺の言葉通り、幸先が良い。すべてが順調だ。きっとうまく行く。そんな予感を抱きながら、春江はコーヒーを飲み干した。


車に戻ると、神宮寺が車内で舞台化粧を済ませるようにと指示してきた。

ホールは三時間しか借りていないので、楽屋でゆっくり眉を引いたりしている暇はないらしい。

それにしても「歌に生き恋に生き」は三分四十秒ほどの長さの曲だ。三時間も会場を借りていれば十分のように思える。

「私どもはＣＤ一枚を制作するのに丸二日間、会場を借りるんですよ」

神宮寺は言う。

「レコーディングはそういうものですから。今回は一曲だけ、しかも三、四分の曲なので、三時間で何とかするつもりですが、それでもかなり厳しいと思いますよ」

「なるほど、僕がビデオ回して動画を撮るのとはわけが違うんですね」と大輝が感心したようにうなずく。

「何を藤森さん、いつも私の仕事をご覧になってるくせに」と神宮寺がいささか上品に抗議する。

「あれはプロの演奏家で、ド素人のカラオケばあちゃんは違うでしょう」と大輝が笑うと、神宮寺は表情を引き締めた。

「プロでも素人さんでも、私の仕事は同じです。演奏者の方にとって最高の一枚を作らなければリベラのディレクターとして私が来た意味がありません」

それからはっとしたように春江の方に顔を向けた。

「ごめんなさい。プレッシャーをかけたつもりはありませんから、リラックスして歌ってください」

仕事熱心なうえに心配りの行き届いた優しい男だというのはわかった。それでも何となく気取った声色と仕草が鼻につく。

大輝が化粧台の明かりをつけた。鏡を取り囲んだ裸電球が一斉に点灯し、春江の顔から年を感じさせる凹凸を瞬時に消し去った。

「本当に女優鏡なんだ」と思わず歓声を上げる。

春江は持ち込んだ化粧箱の蓋を開く。手早くホットカーラーで髪を巻き、あらかじめ塗ってあるファンデーションの上にさらに厚塗りし、頬紅を入れる。

初めて本格的に化粧をしたのは会社で迎えた成人式の折だっただろうか。女子寮の新成人たちに、会社が化粧品セットをプレゼントしてくれたのだ。

初めて肌にのせた化粧水と乳液の感触や口紅の色は今でも記憶に鮮やかだ。

以来、起きたら顔を洗って薄化粧するのが習慣となった。眉も引かずにゴミ出しに行くことなど考えられない。

春江にとって化粧はおしゃれではなく身だしなみだった。歳が行くにつれ、その身だしなみもそれなりに華やかなものになっていった。七十になった今でもアイシャドーと赤い口紅は欠かさない。そのうえに今日はさらに盛る。

若い頃から自慢の大きな目の上に、暗い色のアイシャドーで外国人風の二重を描くのは、宮藤珠代の真似だ。リキッドで太くアイラインを入れ、女の子の孫からもらったつけまつげを貼り付ける。

見るからに歌が上手そうだ、と昔から言われてきた大きな口の赤い口紅はオイルで拭い落とし、さらに派手なローズピンクに塗り替える。

女優鏡の裸電球が、ファンデーションの下の縮緬皺を飛ばしてくれる。

古希を迎えてなお眉尻までくっきり生えている地眉の上から、茶色のアイブロウペンシルでこれでもかとばかりに濃く眉を引く。

　十分ほどで舞台化粧は完成し、大輝が車を浜松に向けて発車させた。

　インターを下りていく途中、奇妙なものが目に飛び込んできた。建ち並ぶ倉庫やビルの中、屋上の一つに鎮座するオブジェだ。鮮やかな青いタキシード姿の恰幅（かっぷく）の良い男がグランドピアノを弾いている。

「何、あれ、あのおじさんは？」

　あっけに取られて指さすと「そりゃ、おかん、ここは浜松、ヤマハの城下町だよ」と運転席で大輝が笑う。

「カワイもございます」と神宮寺が付け加えた後、軽く咳払（せきばら）いして続けた。

「あのオブジェは鍵盤の皇帝、オスカー・ピーターソン。ジャズピアノの巨匠ですよ」

「へえ」

「四半世紀くらい前からあそこに居るそうで。ヤマハもカワイも関係なくて、作ったのは運送会社です。塗装がはげると定期的に塗り直しているそうで」

　インター降り口の殺風景な倉庫群のただ中に現れるグランドピアノとピアニストの巨像は、あっという間に視界から消えた。

　倉庫や車の販売店、全国チェーンの服の量販店やドラッグストアなどが両脇に建ち並ぶ国道を南西方向に二十分ほど走ると市街地の外れに出る。

　真っ平らで殺風景な景色のただ中に、古い学校のようなレンガ壁の建物がぽつりと建っていた。

湖月堂ホールだ。

雑草が青々と風にそよぐ空き地とひと続きになったような駐車場には、緊急事態宣言下でもあり一台の車も入っていない。繁華街とは離れているはずだが、あたりに建物がほとんどないせいで、駅前のビル群が遮る物もなく見渡せる。

以前、宮藤珠代のコンサートに来たときと印象がずいぶん違うのは、エントランスホールのある正面ではなく、建物の裏側にいるからだろう。

いったんロケバスを搬入口前に止め、春江は神宮寺に促されて脇扉から中に入る。

この期間、正面エントランスは施錠されているからだ。

無人の警備員室の窓口に置かれたアルコールで手を消毒して進む。かびの臭いが漂ってきそうな薄暗い通路は、ポールとビニールテープで、行きと帰りに人が接触しないように中央部分が仕切られている。

「古ぼけたホールですが、ここは我々にとっての聖地なんですよ」

神宮寺が深呼吸を一つした。

「戦後に建ったほとんどのホールは収益上の理由から演劇から歌謡ショーまで何でもできる多目的ホールなのですが、ここは違います。クラシック音楽に特化した響きが保たれるところなので、たいへん貴重です」

「私にとっても聖地です。あの宮藤珠代が歌ったところなんですから」と春江は息を弾ませる。

通路の先を曲がるといきなり広々とした天井の高い空間に出る。

エントランスホールだ。脇に事務室がある。

窓口からのぞくとファイルやコンピュータが乗った机がいくつかあるきり、人の姿はない。それでも人の出入りは管理されているらしい。すぐに衝立(ついたて)の向こうから男が出てきた。

このホールの支配人だと言う。マスクで顔の大半は隠れているが窪んだまぶたと薄い髪からかなりの年配だと知れた。

そのときになってこちらはマスクをつけているとはいえ、つけまつげとこってり塗ったピンクや青の舞台化粧をしていることを思い出し、少しばかりひるんだが、支配人は表情一つ変えずに、「必要事項、書いてください」と無愛想に言うと窓口から書類を差し出した。

使用料の内訳について説明した後、「ホールの使用時間は一時から四時まで。必ず時間内に終えてすべての機材を運び出してください。歌うとき以外はマスク着用。楽屋は2Bの一部屋、練習室は入室禁止。舞台袖のピアノにはお手を触れないように」と早口で告げた。

感染防止対策として、とにかく不要なところを歩き回らず、室内の調度品、備品には触らないようにという注意も受ける。

搬入口を開けてもらい、車からマイクやケーブル、カメラや録音機材、ドレスなど荷物一式を大輝が手際よく下ろし、神宮寺の指示の下、台車で運んでいく。

支配人のほかに、黒いTシャツに黒マスク姿の若い男女がやってきて神宮寺と打ち合わせを始める。ホールの音響や照明を担当するエンジニアたちだ。

神宮寺が六本のマイクをホール内の各所に設置しケーブルを繋いでいるのを一瞥し、春江は楽屋に入った。

カーテンを引いてカットソーとズボンを素早く脱ぎ、娘が買ってくれたサテンのドレスを身につける。襟ぐりが大きく開いたデザインなので、こってり塗ったファンデーションで生地を汚す恐れはないが、歳のせいで肩関節が固くなりファスナーが上がらないのには往生した。

何とか着付け、鏡の前に立つ。

「さあ、歌うわよ」と自分に呼びかける。

ローズピンクに塗られた大きな口を開き、真衣に教えてもらったとおり発声練習をしていると「おお、すばらしい。プリマドンナ降臨ですね」と背後から声が聞こえ、正面の鏡にマスク姿の神宮寺が芝居がかったしぐさで両手を広げているのが映りこむ。

「最初に音質のテストをしますので、気楽にやってください」と舞台の袖に向かって歩きながら、神宮寺が言う。

夢にまで見た湖月堂ホールの舞台だ。あらかじめテープで床に印の付けられた位置に立ち、「歌に生き恋に生き」の冒頭四小節を歌う。

「はい、ＯＫ」と止められ、今、自分が歌った声が再生される。なかなか良い。

「どうですか、これで」と神宮寺が尋ねる。

どう、と聞かれてもよくわからない。

「もう少し生っぽい方が良いとか、エコーがかかり気味の方が良いとか、好みはありませんか」

カラオケではエコーがかかり気味の方がいいが、クラシックの場合はよくわからない。

神宮寺はエンジニアと何かやりとりしていたが、幾度か繰り返した後に「これでいきましょう」と彼らに指示した。

いよいよ本番だ。

「それでは最後まで通して歌ってみてください。編集ができますから間違いを気にするより、とにかくのびのびとね」

もの柔らかに神宮寺が言い、カラオケの前奏が始まる。

ヴィスィダルテ　ヴィスィダモーレ……

歌に生き、恋に生き
思いのほか声が出た。

両脇に下げていた手を静かに胸の前に持ってきて祈るように重ねる。動画で見た歌手たちの仕草だ。

クァンテミゼーリエと高音を会場一杯に響かせたところで両手を広げる。

一転してセムプレコンフェシンチェーラ、いつも誠実な信仰をもって、と軽やかに歌い、クライマックスの「ああ、神様、なぜ」のところで思いきり声を張り上げ、天に向かい大きく手を広げ、「なぜ私をお見捨てになるのですか」と歌い上げた。

まぶしいスポットライトの向こうの暗い客席から「ブラボー!」の声が聞こえた。

たった一人の観客だ。だれより可愛い孫が、客席で聞いていてくれた。

「はい、それじゃ最初の音を取ってみましょう」

神宮寺が、柔らかだが、存外に冷めた声で言いながら、舞台の真下にやってきた。

「最初のヴィスィだけでいいですよ」

歌い出してすぐに止められた。

「エスの音が高い」

「はあ?」

「ですから、ミのフラット、最初の音ですよ」

いきなり階名で言われてもそんな音が出てくるはずがない。

「あ……ピアノは」と神宮寺は舞台袖のピアノに目をやり、支配人に「触らないように」と釘を刺されたことを思い出したらしく、顔をしかめて首を横に振る。そして次の瞬間、いささか乱暴に自分のマスクを取ると、「あー」と声を出した。

「この高さ、出してみて」

「あー」

カラオケとはずいぶん合わせたつもりだが、最初の音がずれていたのだ。

神宮寺は、まったく情感のこもらぬ、だが正確な音程で最初のヴィスィダルテ、ヴィスィダモーレの四小節を「あー」の音だけで歌った。つまり人間ピアノができるくらいの絶対音感を持っているのだ。

「はい、この高さね。それじゃもう一度通して歌ってみてください」

先ほど歌ったときに精魂込めた。もう一度、繰り返すことで最初の熱量が失われそうな気がするが、とにかくもう一度通して歌う。

「はい、お疲れ様。よく声が出ていました、良い感じですよ」と言いながら、神宮寺は「それじゃ最初の四小節だけ行きましょう」と指示する。

よくわからないまま歌うと、すぐに止められた。

「ご存じとは思いますが、これ、トスカっていう歌姫が恋人の命を救うために、自分に横恋慕(よこれんぼ)する悪い男に、お願いですから私の彼を殺さないで、と嘆願する歌なんですよ。嘆きの歌なんです、恨み節(うらぶし)なんですよ」

「恨み節ですか」

つまり怨歌？

「最初から声を張り上げてオーソレミオじゃないんです。ゲス野郎に土下座して恋人の命乞いをしなきゃならない、そこから始まる歌なんです。もっと辛く」

搾(しぼ)り出すように歌い出す。あまりクラシックっぽくない。歌い馴れた演歌のようだ。

「それでいいです、それで」

数小節で神宮寺は止めた。

そして次のフレーズから歌わせる。やりにくくて仕方ない。

「あの、ぶつ切りに歌わないとだめなんですか？」

不審な気持ちで尋ねた。

「あとで編集をかけて良い部分を繋ぎ合わせるから大丈夫ですよ」

こともなげに神宮寺は答えた。ライブ録音でもないかぎり、一気に最初から最後まで歌うものではなく、そうやってするものらしい。

不本意ながら途中から歌い出す。

最初の高い音が出たところで止められた。

春江は両手を広げて会場一杯に声を響かせたのだが、違うと言う。

「ここはね、私はいかに深い信仰とともに生きてきたか、と訴える部分なんですよ。真摯で悲痛な祈りなんです。あっけらかんと声を張り上げる場面ではありません」

「はぁ？」

混乱しながら、さらにフレーズごとにぶつ切りにしながら歌わされる。

後半、クライマックスの「ペルケペルケ　スィニョーレ」の最高音の二分音符で感情を込めて声を張り上げると、「はい、はい、はい」と柔らかな口調ながら明らかに苛立った様子で神宮寺は止めた。

「あのね、だからですね、この歌は恋人に対して、あなたを愛しています、と情熱的に叫ぶ歌じゃないんですよ」

　確かに日本語訳を見れば、「ああ、神様、なぜ私をお見捨てになるのですか」となっている。だが、そもそもは「お願い、私の愛する人を殺さないで」という魂の叫びのはずだ。愛の告白で何が悪いのか？

「そうではないんです」と神宮寺はかぶりを振る。

「だから歌に生き恋に生きではなく、歌に生き愛に生きと申し上げたのです。私はこれほど正しい道を歩いてきた、深く信仰してきた、なのに神様、あなたはなぜ私をこんな目に遭わせるのですか、という嘆きの歌であり、神への愛を貫きつつ、信仰への揺らぎも垣間見える。非常に微妙な感情を歌う歌なのです。だから『あなた、愛しているわーっ』って歌い上げられると意味が全然違ってしまう」

「だったら、どう歌えっていうんですか」

　ついつい頭に血が上り、ふてくされた口調で尋ねていた。

「嘆きです、神への愛と不信感です、自らの信仰への迷いです」

　これが真衣の言った文化的風土だか宗教だかの話か、と思い当たる。

　知りませんよ、そんなことっ、こっちは生粋の日本人でキリスト教徒でも何でもないんだから、と口から出かかったのを「あの、すいません」と舞台袖から大輝の声が止めた。

「あと四十分しかありません。搬出を四時ぴったりに終えないといけないので、そろそろまとめる方向で」と神宮寺に向かい、自分の腕時計を指差す。

「ちょっと事務の人に、延長できるか聞いて」と神宮寺が答えたそのとき、薄暗い客席の隅から「できません」と平坦な声が答えた。

「スタッフの勤務時間の関係がありますから。あなたがたが搬出を終えて外に出たら、床から椅子や壁から全部アルコールで拭かなければならないんですよ」

支配人はそれだけ告げると、忙しなく扉の向こうに消えた。

「急ぎましょう」と神宮寺はミキシングルームのエンジニアにサインを送ると、指揮をするような格好で歌い出しを指示した。

屁理屈を並べくさって、この気障な男は、と春江は沸騰しそうな頭で「ペルケペルケ」と歌い出す。

最高音のシのフラットで声を張り上げたそのとき、頭の地肌に何か冷たいものを感じた。次の瞬間、視野が曇り、喉元で声が止まった。

沸騰寸前の頭に水が降ってきた。

雨だ。それもバケツの水をぶちまけたようなけっこうな土砂降り。

ここは室内だ。しかも外は晴天だった。

呆気に取られて頭上を見る。まぶしいライトのさらに上から雨粒が降り注ぐ。

「畔上さん、早く、舞台下りて」

神宮寺が駆け上ってきて春江の腕を摑んで、階段から引きずり下ろす。

髪、厚化粧した顔、ドレスまでが、ずぶ濡れになっていた。

「何なの、いったい」

無意識に顔をこすると、手の甲にゲジゲジがいる。悲鳴を上げてよく見るとつけまつげだった。

流れたマスカラが目に入って痛い。

エンジニアと支配人が舞台をばたばたと走り回っている。

舞台の床もフロアコンセントもそこから延びたコードもすべてが水びたしになっている。

スプリンクラーが誤作動したのだ。

「保守点検の予定が今月初めに入っていたのですが、コロナの影響で業者が来られなかったもので」

支配人がうろたえた風もなく言い訳する。落ちくぼんだ目が「当方の責任ではありません」と語っている。

「わかりました。別会場は用意できませんか」

それまでとは打って変わった鋭い口調で神宮寺が切り返す。

「できません」

即答だ。

「それなら明日、同じ時刻からまた借りることは？」

「それもいたしかねます」と支配人が傲然（ごうぜん）と答えたのと、「そりゃ無理」と大輝が割り込んできたのは同時だった。

「社長には今夜中に入庫ということで、車を出させてもらってるんです。最初に通しで二回歌っているんだし、一応、最後まで録音録画もできてますよね。それで何とかなるでしょう」

神宮寺は無言のまま、流し目のように斜め上から大輝を一瞥した。

「あなたの会社の運行管理者に連絡を入れればいいことではないんですか？」

「一応、規約ってものもあるから」と大輝が答えると、神宮寺は視線を春江の方に転じた。

「で、あなたはあれでよろしいのですか」

体ごと春江の方に向き直る。

「あれが録音されてＤＶＤが作られることに、ご自身として納得なさいますか」

「そりゃ、まあ」

最初の二回ですべてを出し切って、心を込めて歌ったつもりだった。だがこの男にとっては納得がいかない。それより水をかぶって中断させられ、中途半端のまま終わることが悔しい。胸の内にもやもやしたものが居座っている。まさに不完全燃焼だ。

「後に残るものなんですよ。古希の記念なんでしょう。私も同じ歳です」

「あら、そうだったの」

「だからわかるんです。人生百年といったってこの歳になれば、思わぬところでぽっくり逝く。昨年から僕は何人も友人知人を亡くしているのです。明日はわからない。せっかく

の記念DVDをあんな形で中途半端に終わらせると思うと、僕は、こう、何と言うのか

……」

それ以上は語らず、右手の中指と薬指で小刻みに自分の胸元を叩く。胸が痛むという意味なのだろう。

「わかった」

額に垂れてくるずぶ濡れの髪をかき上げ、春江はうなずいた。

「専門家の神宮寺さんがダメ出ししたってことは、そういうことなんだわね。こうなったら納得のいく形に仕上げましょう。それがあたしの性分だから」

「はい。僕の性分もそれです」と神宮寺がうなずく。

「だから、おかん、ロケバスの運行っていうのは、いろいろ規則があって」と大輝が泣き出しそうな顔で神宮寺と春江の間に割って入り、詰め寄ってくる。

「こちらとしてもそうした対応は前例がありませんから」と支配人が、大輝の背後で両手を握りしめている。

「あんた、天下り(あまくだ)でしょ」

支配人に向かい、思わずいつもの口調が出た。

「関係ないでしょう」

むっとした様子で言うと支配人は冷ややかに続けた。

「とにかく使用料については全額返金しますので、事務所の方で書類に記入してくださ

い」

「ちょっと、待った」

神宮寺が豹変したようにべらんめえ口調で遮った。

「使用料の返金だけで済ませるつもりですかい？　東京からここまでのロケバス運賃とドレス代は？」

「交通費とクリーニング代については後日、請求書を送ってもらえば対応させていただきます」

切り口上に支配人が答える。

「あなたね、シルクのドレスですよ、クリーニングで元通りになるわけないでしょう。当然、全額弁償です。何より出演者が水を被ってずぶ濡れになった。これで体調を崩すかもしれない。うちが持ち込んだ機材についても不具合が生じる恐れがある。事務所を通して後ほど損害賠償を請求させていただくことになりますがそれでよろしい、ということですか」

支配人は答えない。眉間に皺を寄せたまま、落ちくぼんだ目で神宮寺を睨みつけている。奥歯をかみしめているらしく、マスクから出たえら部分がゆがむように動いている。

「我々はこの日のために、時間をかけて準備してきたのですよ。うちの会社も長年、こちらのホールにお世話になってきました。お金の問題ではなく、音響に優れたこのホールで、ぜひ今回の録音を成功させたいのです。降ってきたのは水だけで消火剤ではありませんよね」

「ええ、水だけですが」

「ということは、対処としては床の水処理だけじゃないんですか？　明日の午前中までに水処理を終えてもらって、午後、もう一度、お借りできませんか。その場合、会場費の返金はけっこうですから」

「ですからそれは……」

そのとき走り回っていたエンジニアの若者の一人がこちらにやってきて支配人の背中をつついた。

「水は今晩中には何とかなりますから。僕ら、休業補償が無いんで、仕事があればありがたいんですが」

支配人は渋い顔で黙り込む。

「ちょっと本部に相談してみないと」と言い残して事務室に戻っていく。

肩をすくめて神宮寺は春江に耳打ちした。

「ここはホールもスタッフも良いのですが、助成金の関係がありましてトップの人事だけは……」

「まったく、何回退職金をもらってきたんだか」

神宮寺を残し、春江はドレスの裾をからげて楽屋に入る。濡れたドレスを脱いでハンガーに吊す。水のしたたる髪と化粧が溶けた顔をタオルで拭い、カットソーとズボンを身につける。ドレスは着替えたが下着は濡れたままなので気持ちが悪い。

マスクをして舞台に戻り、神宮寺と大輝が機材を片付けている間に、エンジニアの若者たちと一緒にモップで床の水を拭き取ってはバケツに絞り入れる。

数分後に、神宮寺に手招きされた。

「明日、会場を借りられることになりました。今日中に業者が来て、点検と処理を終わらせてくれるそうです」

「やったね」と思わずハイタッチしようとすると、神宮寺が「こっちこっち」と拳を作った。コロナ時代の挨拶、グータッチだ。

「それじゃ、車、持ってくるんで」と大輝が出て行き、神宮寺と二人で事務室に赴き、使用料の返金無し、損害賠償の請求もなし、という一筆を入れ、明日、同じ時間帯にホールを借りることを確認する。

必要以外の口をきかない支配人を残して事務室を出て、荷物を台車に乗せて搬入口へと向かうと、半地下になった薄暗いその場所で大輝が泣き出しそうな顔で立っている。

「あれ、どうしたの？」

大輝は無言のまま横付けされたロケバスを指さす。

横腹に赤いスプレーで文字が大書されていた。

『おれ　コロナ』

『ＦＡＣＫ』

「東京ナンバーなんでやられたんですよ」

大輝が真っ赤な顔で首を横に振る。

「ふむ」と神宮寺がうなずいた。

「ファックの綴り(つづり)が間違っている」

「そういう問題じゃないでしょ」と大輝は声を荒らげ、鼻から息を吐き出した。

「フロントガラスもやられたんで、前が見えなくて、駐車場からここまで持ってくるの、怖かった」

「とりあえず警察呼ぶよ」と春江がスマートフォンを取り出すと、大輝は「無駄」と吐き捨てるように答えた。

「落書きくらいじゃ、警察もまじめに取りあってくれない。幾度か別の場所でもやられたけれど、何時間もやりとりした後、『パトロールを強化します』で終わり」

憤慨しながら機材やドレスを積み込み、のろのろ運転の車で駐車場に戻る。フロントガラスの運転席正面はニュース画像などでよく見るコロナウィルスの棘(とげ)を生やした円で埋め尽くされている。

「シリコンオフを買って落書きを消したいんだけど」と大輝が途方に暮れている。

フロントガラスをやられているので、カーショップまで運転できないのだ。

「しょうがない」と春江は財布の入ったバッグを手にした。

「あたしがひとっ走り行ってくる」

「おかん、こっから国道沿いのカーショップまで四キロはあるぜ」

「ちょっと遠いか……」

「タクシーは？」と神宮寺がスマートフォンを取り出す。

「さっきかけてみた。もともと台数が少ないうえに、今、動いている車が少なくて三十分以上、待たされる」

三人で頭を抱えたとき、ふと思いついた。スプレー塗料を落とすなら、とドレスと同じ色に塗った自分の爪を見る。

車に駆け込み、さきほど積み込んだ荷物の中から化粧箱を取り出す。

マニキュアの除光液（じょこうえき）が一本、まだ封を切らないまま入っている。

取ってきて「これ」と手渡すと、大輝は疑わしそうに眉を寄せ雑巾を片手に車の正面に回る。

清掃用の踏み台に上がり、除光液をしみこませた化学繊維でガラスを拭く。

「おっ、落ちる」

おぞましい赤色の棘を生やした円の輪郭が崩れ、赤い雲になって拭い去られていく。とはいえ専用の溶剤のようなわけにはいかない。それでも一本分を使い切ったところで、何とか運転できるくらいの視野が開けた。

どてっ腹に『おれ　コロナ』『ＦＡＣＫ』の文字を貼り付けたまま、ロケバスは湖月堂ホールの駐車場を出て、車の通りもほとんどない広い道をのろのろと進む。晩春の陽もすでに低くなっており、フロントガラスから差し込む金色の光がまぶしい。

国道に出てほどなく、ホームセンターの看板が現れた。カーショップではないが溶剤は置いてあるだろう。なるべく目立たないように駐車場の一番端に車を入れ、またいたずらをされないように神宮寺を車に残し、大輝と二人で広い店内に入る。

溶剤の他に、濡れた下着の替えと、今夜、泊まるとなれば必要になるはずなので男二人のために柄物のトランクスもかごに入れる。

車に戻り、男二人がボディの落書きを落としている間に、カーテンを引いて、濡れた下着を取り替えるとようやく人心地ついた。それから雑巾を手にして荷物スペースに行き、ドレスからしたたった水で濡れている床を拭く。だが、肝心のドレスの方は、あれほど水びたしになっていたというのに、まったく色艶も張りも失われておらず、すでに乾きかけている。

ポリエステル、それも中国通販のてかてかのサテンだからこそ、水を被った程度ではびくともしなかったのだ。

それが終わると雑巾を手にしたまま外に出て、落書きを落とすのを手伝う。

「いやぁ、気持ち良くなってきましたよ」と、立ち上る溶剤の匂いに鼻をひくつかせながら神宮寺が『ＦＡＣＫ』の文字を消している。

「柄にもなく危ないこと言うのやめてくださいよ」と大輝が応じる。

「いや、私みたいのが本当は一番危ないんですよ」と神宮寺はマスク越しにくぐもった笑い声を立てた。

まだ薄赤い色は残っているものの、『おれ　コロナ』『FACK』の文字は消え、フロントガラスも元通りのぴかぴかに戻った。

「はい。出発」

大輝に声をかけられ、体からシンナー臭を漂わせて車内に戻る。

日の長い季節ではあるが、すでにあたりは薄青い闇に包まれている。

運転席で会社に電話をかけていた大輝が通話を終え、こちらを振り返った。

「それじゃ今夜はホテル泊まりってことで、よろしく」

「こちらこそよろしくお願いします」と神宮寺が礼儀正しく応じる。

またいたずらをされないように、ホテルは屋内駐車場のあるところを選ばないといけない。宿泊費は春江が持つつもりだ。

車は市街地に入っていく。町全体がやけに暗く閑散としている。昼間はあまり意識していなかったのだが、ほとんどの店やオフィスが休業している。

立体駐車場のあるビジネスホテル前に車を止め、大輝が失望の声を上げた。

休業中だった。

別のところに移動する。そこも休業している。

数軒回ってようやく営業中のホテルをみつけたが満室になっていた。

「ちょっと高いけどシティホテルでもいいかな?」

大輝が気弱な声をかけてくる。

「おお、もちろん」

大輝と自分が一部屋、神宮寺が一部屋で、二部屋取ればいい。

来月には春江の口座に七桁の金が振り込まれることになっているのだ。心配はいらない。

駅にほど近いシティホテルの車寄せにロケバスを入れかけて、大輝が「うわっ」という声とともにブレーキを踏んだ。

建物前に掲示板があった。

「政府より発出されました緊急事態宣言を受け、新型コロナウィルス感染拡大防止の観点により、2020年4月17日より臨時休業いたします」

四十分ほど市内を回り、ほとんどのホテルが休業しており、営業中のところは満室か、あるいは屋外駐車場さえ満杯、ということがわかった。

繁華街にも夜のとばりが降りて、ネオン一つない。

カーナビを操作していた大輝が「よしっ」と顔を上げた。

何の説明もしないまま、浜松駅の高架下を抜け、南東方向に向かう。

市街地を抜けるとあたりはさらに暗くなる。戸建て住宅の間に田畑やときおり鰻屋の看板が現れるだけだ。

「お腹が空きましたね」

遠慮がちに神宮寺が言いながら、フロントガラスの向こうに見える民家風のたたずまいの鰻屋を指さす。当然のことながら、看板にも入口にも灯りは点いていない。街路灯に「名物うなぎ茶漬け」の文字がうっすら浮かび上がっているだけだ。

「もう少しなんで」と運転席で大輝が答える。

「まあ、こんなもんで小腹を満たしてください」と春江は布袋を差し出す。小袋入りの煎餅やクッキー、小さな和菓子などが詰まっている。

一ヶ月に三回くらい回ってくる夜勤の折に、みんなで持ち寄った菓子のストックだ。しばらく休業になるために、一昨日、スタッフで分けた。

「ありがとうございます」と神宮寺が礼儀正しく頭を下げ、運転席の大輝のところに袋を持っていく。

「あ、運転中の飲食は禁止されてますんで」

素っ気なく断られ、すみませんと引っ込め、少しよろめきながら神宮寺は自分の席に戻る。

十五分ほど走り、長い鉄橋を渡る。天竜川だ。

長野あたりの峡谷を下る緑の川面は見たことがあるが、河口付近まで来たのは初めてだ。

「右側は太平洋」と大輝が説明するが、フロントガラスから見えるのはだだっ広い河原を覆った深い闇ばかりだ。

鉄橋を渡りきるとすぐに右側に折れ、堤防沿いを海に向かって走る。

こんな時期、しかも夜だというのに、河川沿いの狭い道をトラックやダンプカーが行き交っていることに驚かされる。

堤防沿いの道を降りてほどなく、正面に暗い海が開けた。車の通りのある堤防と違い、真の闇だ。手前にオートキャンプ場の看板が現れた。

「今夜はバンガローでお願いします。もし満室でも最悪テントサイトがあるんで」

大輝が少しばかり得意げに説明した。

ヘッドライトに照らされた入口が見える。

暗い。

車を止めて大輝が降りていく。脇のスモークガラスに顔を押しつけて外を見ると、施錠された門の向こうに、明かり一つ灯っていないバンガローと芝生の広場があった。

休業中だった。

「想定内」とうなだれた様子で車内に戻ってきた大輝が車を徐行させる。その先に日帰り温泉と物産館があると言う。

「温泉はともかく、コンビニと外トイレは開いてるはずだから」

闇の中に一層暗く建物が沈んでいる。あたりに人影はまったくない。波の音だけが聞こえてくる。

温泉もコンビニもトイレも施錠された物産館の中にしかないことがわかった。辛うじて駐車場は使える。

「ここで車中泊……は無理かな」

　放心したように大輝がつぶやいた。

「車中泊」

　無意識なのだろうが、神宮寺の沈鬱な声が応じた。

「そもそも明日の録音を強行したのは、神宮寺さんなんだし」と大輝の不満そうな声が答える。

「すみません、こんな状況とは」

「そこの浜でやるのは、おかんは嫌だよな。一応女だし」

　用足しのことだ。

「大丈夫さよ、もう女じゃないんだから」と豪快に笑ってみせる。

　これ以上孫を悩ませたくはない。

　大輝と神宮寺はしばらくの間、それぞれスマホで泊まれそうな場所を検索していたが、やがて二人とも諦めたようにかぶりを振った。

　市内のホテルも浜名湖周辺の旅館もほとんど営業しておらず、車中泊ができそうな公園を探しても、この時期、どこも駐車場が閉鎖されていた。

「どうしましょうか」

　おそるおそるといった様子で神宮寺が大輝に尋ねる。

「しょうがないっすね」

舌打ちを一つすると、大輝は車の方向を変えた。

来たときと同様、行き先を告げぬまま、堤防沿いの道を戻り始める。

市街地に向かうのかと思っていると、橋を渡らずそのまま天竜川をどこまでも北に向かって遡っていく。

「あんた、心当たりがあるの？」

「車に泊まると腹を決めれば、絶対開いているところがあるんだ。明日は午後一時までに湖月堂ホールに行けばいいんですよね」と神宮寺に確認する。

「はい、一時に入りです。それまでに水処理と点検を済ませると支配人から言質を取ってあります」

神宮寺が答える。

「楽勝」と大輝はつぶやく。

小一時間も走った頃、天竜川を再び渡った。

そのまま西に向かって夜道を走る。しばらく行くと真っ暗な山の斜面に細い光の帯と行き来する車のヘッドライトが見えた。

浜松市街のはるか北、山中を走る新東名高速道路だ。

灯りの少ない曲がりくねった道を延々と上っていくと、やがてさほど広くもない駐車場に出た。

ここは閉鎖されていない。

「到着。今夜のお泊まりどころです」

車を止めた大輝が自棄気味に叫んだ。

「ちょっと、食べ物を調達してくるんで」と、一人で出て行こうとするのを止め、神宮寺と春江も後に続く。

晩春とはいえ、夜風が冷たい。神宮寺がツイードのジャケットを羽織り、「ちょっと失礼、先に行っててください」と足を止め、ポケットからスマートフォンを取り出し、電話をかけ始めた。

「あ、ごめんなさい、今日、帰れなくなってしまって。ちょっとした事故です。大丈夫ですよ。明日、鰻を買って帰るから心配しないでください」

家族に対しても丁寧な言葉遣いだ。

亡くなった夫の面影を宵闇の向こうによみがえらせる。自分にはもう連絡すべき家族はいない。外出も外食も外泊も自由だ。寂しくもすがすがしい。

車止めを越えると、日常の風景があった。どこもかしこも扉を閉ざした闇の町で、ここだけは人工の光があふれていた。

一般道からも利用できる新東名高速道路のサービスエリアだった。

駐車場には、ふだんとほとんど変わりないくらいの数の大型トラックが止まっている。

建物の入口でアルコールを手に吹き付け、建物内に入ると何ともいえないほっとした気分になった。

カフェも土産物屋もレストランもコンビニエンスストアも通常通り営業していた。

「不要不急の外出をするなったって、物流を止めるわけにはいかないからね」と大輝が駐車場の方向を指さした。

思い起こせば、来るときに寄った遠州豊田のパーキングエリアにもたくさんのトラックが停まっていた。天竜川の堤防沿いの道は、暗い中、ダンプカーが行き交っていた。

自宅で犬を抱いて紅茶を飲んでいられるのは上級国民ばかり。外出自粛やリモートワークが可能なのも限られた人々だ。

感染リスクを冒してでも操業を続けなければならない業界があり、危険を承知で荷物を運ぶ人々がコロナ禍に見舞われた町を回している。自分の生活がそうした人々のおかげで維持されていることを、駐車中のトラックを目の当たりにして、春江はあらためて思い知らされる。

館内には広々としたフードコートがあるが、そちらは使わず浜松餃子(ぎょうざ)やおでんなどを買い込み屋外に出る。

駐車場脇の芝生に、店からもらってきた段ボールを敷いて三人、車座になって座った。

ペットボトルのお茶で乾杯し、排気ガス臭い夜風の中で夕食にする。

おでんで腹がぬくもり、タマネギの甘さが際立つ餃子にお茶がよく合う。ゆでもやしの歯ごたえも良く、ひまわり型に盛り付けられた餃子はたちまちなくなった。

明日があるので早めに切り上げる。

神宮寺が立ち上がり、神経質な仕草でズボンの尻をはたくと、春江が手を出す間も与えず、食べ殻を素早く片付ける。手慣れた様子が少し意外だ。

大輝は段ボールを集めて小脇にかかえ、店に返すのかと思うとそうではなく、車の方に歩いていく。

ふと足を止め空を見上げると、この数年、見たこともないほどおびただしい数の星が瞬（またた）いている。

「経済活動が止まる、ってこういうことなのですね。都市の繁栄の中で我々が失ったものが見えるような気がします」

神宮寺が感慨深げにつぶやく。

「そんなものですかねぇ」

ペットボトルのお茶でほろ酔い加減、のはずはないが、夜風に吹かれていると、何度も練習して頭にこびりついてしまった歌が、無意識のうちに唇から流れ出す。

ヴィスィダルテ　ヴィスィダモーレ
「そう、いい感じ」

神宮寺が振り返り、小声で伴奏パートを口ずさむ。

歌い終えると神宮寺が拍手する。

「いいですよ、それです。大丈夫ですよ、明日は」

「やけに持ち上げてくれるじゃないのよ」

神宮寺がマスクの目元で苦笑する。

「ディレクターの習性ですね」

「確かに神宮寺さんはアーティストをリラックスさせるのがうまいですよね」と背後の暗闇で大輝が言う。

「ええ、いざ、録音するとなると、畔上さんみたいに、堂々と歌える人はほとんどいませんからね」

「プロなのに？」

「プロだからです。怖くなって、みんな萎縮する。あげくにガタガタになる。録音途中で自分のものを一部再生して聞くと、どんな上手い演奏家でも自信喪失します。いえ、上手い演奏家ほどそうで、嫌気がさしたような顔をする。そんなとき、褒めあげてリラックスさせて、とにもかくにも気持ちよく最後まで演奏してもらうのが、僕らディレクターの役目なのですよ」

「私にはずいぶん注文が多かったけど、ド素人のひどすぎる歌だったから？」

「いえ」

存外に生真面目な声色で神宮寺が答えた。

「別れた妻が声楽家でして」

「別れたって、離婚していたの？」

それでは先ほどの電話の相手は……？

「ずいぶん身ぎれいにしてるから、独り者には見えなかったわ。なんでまた？」

「あー、おかん、突っ込まない突っ込まない」

段ボールを担いだ大輝が振り返り、慌てた様子で止める。

「捨てられました」

すこぶるあっさり神宮寺は答えた。

「大手レコード会社のディレクター時代に結婚したんですが、ソプラノ歌手でしてね」

「宮藤珠代みたいな」

「あんな大物じゃありません。でも美人でしたよ。あるとき地方公演に行って、そのまま帰ってこなかった。その前からずっと指揮者と浮気していたことは後から知りました」

「まあ……」

華やかなのか乱れているのかわからない。芸能界同様、芸術家の世界もそんなものなのだろう、と批難するよりは感心する。

「『歌に生き愛に生き』は彼女の持ち歌でした。むしろ『恋に生き』で、やはり歌の意味に関わりなく情熱的に声を張り上げるタイプの人でしてね。それはそれでテレビなんかでは受けが良かったようです」

「テレビに出ていたの？　有名人だったのね」

「バラエティー番組ですよ。音楽番組ではありません」

どこがどう違うのかわからない。

「で、神宮寺さんは再婚もしないで、今は独り暮らし？」と尋ねるのを大輝が「おかん」と止めるが、神宮寺はこれまたあっさり「母と二人」と答えた。

「まあ、お母さん、生きておられるの。お幾つ？」

「九十六。矍鑠（かくしゃく）としています」

先ほどの電話の相手は母親だった。

「いいわねぇ、古希を過ぎて親孝行できるなんて、幸せだねぇ」

思わずため息がもれる。

神宮寺の眉がぴくりと動き、目元に憤慨するようなこちらを見下すような、微妙な表情が浮かんだ。

「あたしの田舎のおっ母さんなんか、孫の顔も見ないで逝ってしまったんだわ。倒れたって電話がかかってきて、慌てて上野から『はつかり』に乗ったけど、それでも十二時間もかかって、結局、死に目に会えなかった……」

神宮寺は一瞬にして神妙な顔になった。

「まあ、生きていれば生きていたで、子供にとってはけっこうたいへんなものですよ」と無力な笑い声を立てる。

ロケバスに戻ると、大輝からベンチコートを渡された。

「これもうちの会社の標準装備」と大輝は胸を張る。

メーカーの夏服や水着の撮影は冬場に行われるため、裸同然の姿で寒空に立たされるモデルたちのために車に常備してあると言う。

「この前なんか叶美香が着たんだぜ」

「ほんと?」

「匂い嗅いでみてよ、ゲランの香水がプンプンしてるから」

「どれどれ」

柔軟剤の匂いがするだけだ。

「嘘に決まってるじゃん、いい歳してミーハーなんだから」

腹を抱えて笑っている大輝の、つんつんと髪のおっ立った短髪頭にげんこつを一つくれてやり、補助席を下ろす。

横一列になった座席に荷物を枕にして横になる。これが今夜のベッドだ。

だが座面が平らでないうえに幅も足りず、どうにも寝心地が悪い。

「いくらロケバスだって車中泊までは想定してないからさ」と大輝は言い訳しながら、頭上の棚に積んであった膝掛けも渡してくれた。それを敷けということらしい。

それから車を降りると、後方扉から荷物スペースに入った。床に置かれているケーブル類やマイクを棚や座席に移し、畳一畳分にも満たない床面に段ボールを敷き詰めると、春江と神宮寺に向かい尋ねた。

「一人だけならここにも寝られるけど、どうしますか?」

「藤森さんが寝やすいところで寝てください」

すかさず神宮寺が答えた。

「明日、居眠り運転などなさってはいけない」

確かにその通りだ。

大輝は少し逡巡するように床を見下ろしていたが、「それじゃ遠慮なく」と段ボールの上に横になり、薄汚れた養生用毛布を体にかけると勢いよくカーテンを引いた。

「それでは我々も寝ますか」

神宮寺は春江の後ろの座席に陣取り、「おやすみなさい」とやはりカーテンを引く。

荷物スペースのある後方からたちまち大輝の寝息が聞こえてきて、春江の方も眠りに落ちた。

体の痛みに目覚め、床に落ちないように狭い座面で寝返りをうちスマホの画面を見る。

夜の十一時過ぎだった。一時間少々しか寝ていない。

娘や友達からのＬＩＮＥを確認していると、気配が伝わったのだろう。

「眠れませんか」とカーテン越しに声が聞こえてきた。

「さすがにね」

「イヤホンがありますよ。スマホで音楽でもお聞きになりますか？」

「ありがと。でも大丈夫よ……」と答え、ふと疑問に思っていたことを口にした。

「神宮寺さんって音楽家でなくて、制作会社の人よね。なのにさっきもそうだけど、ピアノみたいにぴたりとその高さの音を声で出せるってすごいわね。合唱団にでも入っていたんですか？」

「いえ……」

「ああいうの、絶対音感っていうんでしょ」

少しばかり間があった。

「絶対音感は、持ってますよ」

「さすがに、才能あるんだわね」

頭が冷えてみれば、音楽については素直にこの男を認める気になっている。

小さく鼻で笑う声が聞こえた。

「所詮は平均律ですよ。弦楽やアカペラでは何の役にも立ちません」

言っている内容が春江にはさっぱりわからない。

「それに絶対音感は才能じゃありません。環境と訓練です。私は物心つく前からおもちゃ代わりにピアノを与えられて鍵盤を叩いていました。地元中学から音高、音大に進み、ウィーンかアメリカに留学。そんなレールが敷かれていたんです」

「へぇ」

暗闇で思わず瞬きする。

「すごい坊ちゃまなんだ。雲の上の人が何でピアニストにならずに会社員なんかやってるの？」

大輝がいれば「おかん！」と叫んで止められるところだが、あいにくと言うべきか、幸いと言うべきか、荷物スペースで寝息を立てている。

「母の夢がピアニストだったのです。それが町のピアノ教室の先生で終わった。その挫折感を一人息子の私にぶつけたのでしょうね。幼い頃は楽しかったですよ。けれど五つ、六つになれば、周りのいろいろなことに興味を持つ。学校に入ればなおさら。スポーツ、遊び、何より友達。音楽だってクラシックばかりじゃない。それらのすべてを母に取り上げられて、毎日毎日、レッスンです。遊びざかりの子供時代も思春期の頃も、部屋に閉じ込められピアノに向かわされる。間違えるたびに母が、『はい、それじゃそこから』と。怒ったりしません。穏やかに、しかし目は笑ってはいない。ちゃんと弾けても間違えた箇所だけ四十回、繰り返す。子供にとっては地獄です。

畔上さんは僕と同じ年代だからわかると思いますが、あの頃、東京の山の手ならともかく、地方都市で男がピアノなんか弾いていたら、いじめの対象ですよ。隣のクラスにいた転勤族の息子がヴァイオリンを習っていましてね、半ズボンに黒い長靴下なんかはいて。彼と二人、小学校から中学まで、毎日、毎日、壮絶ないじめです。それを親には言えない。両親で学校に怒鳴り込んで来られたりしたら面倒なことになるし、何より幼いながらも男のプライドはある。音高を目指したのは、母親の敷いたレールに乗ったこともありますが、地元の野蛮な連中から逃げたかったからです。

その頃には音大の教授について本格的に受験勉強が始まりました。音楽はあなたのように生活を保障された環境で趣味で楽しむ限りは、優雅で美しい心の糧であり、人生の喜びです。しかしそれを仕事にしようとすれば過酷で、ときに非人間的な状況に投げ込まれる。音高に受かって仙台から東京に出てきたのが十五歳です。身の回りのことなど何もできない、中学を卒業したばかりの子供がですよ。親元を離れて、東京に出てきて、寮生活です。世間も社会も世界も、何も知らない。そんな子供が家族と切り離されて音楽と競争の世界に投げ込まれ、脇目もふらずに狭く険しい道を進む。歌や弦楽器はまだいいけれど、ピアノは、練習量がすべてなのです。すさまじい世界ですよ。そのタイミングで遅ればせながら反抗期を迎えてしまいましてね。これは本当に自分で選んだ道なのか、僕は本当にこんなことをしたいのか、迷いや混乱が怒りに変わるのが、十五、六の男の子なんですよ。今はもう少し若くて中二なのかな」

それはつまらない音楽史の授業の折のことだったと言う。

彼は机の上に教科書もノートも出さず、代わりにFMラジオを一台置いていた。イヤホンを耳に突っ込み、そこから流れてくるポリーニのベートーヴェンを聞きながら、窓の下を行き来する車を見下ろしていた。一度でも視線を上げれば、黒板の前でルネッサンス期のポリフォニー音楽について説明している若い教師が、言葉を止めてこちらをにらみつけているのと目が合ったことだろう。

教師が幾度か自分の名前を呼ぶのが、ポリーニのピアノの隙間から耳に入ってきたが、敢然(かんぜん)と無視した。

肩を怒らせて教師が近づいてくるのが、視野の端に入った。

いきなり耳からイヤホンを引き抜かれるのと、思い切り横面を殴られたのは同時だった。椅子が倒れ、壁際まで体が飛んで行った。

「その一件で退学ですよ。その前から授業態度が悪いし、興味のない科目は毎回赤点だったもので。母はわめき散らした後、しばらく寝込んでいましたね。それで仙台に帰って普通科の高校に入ってやりなおしたので、まあ、普通の人生を送れましたが、あのままだったら私の最終学歴は中卒でした」

「あたしは中卒だけど、何か？」

闇の中に息をのむ気配があった。きまずい沈黙が訪れる。

「いや、あの、それは……」

狼狽した声を遮るように春江は続ける。

「神宮寺さんと同じ十五で親元を離れてこっちに出てきたのよ。セーラー服を着て、団体列車に乗って野辺地から十四時間かけて。上野に着いて改札を出たところで会社の人が待っていてね、そこからバスで工場のある川崎まで連れて行かれたの」

「集団就職……だったのですか」

そう言ったきり神宮寺は絶句した。

「寮は六畳一間に六人。成績は良かったから高校に行きたかったのよ。でも兄弟が多くてだめだった。せめて定時制高校に通おうと思って、給料を田舎に送金した残りの、ほんの少しのお小遣いを貯めて受験参考書を買ったんだけどね、二交代制勤務なんで登校できないんだわ」

ならば通信教育がある、と仕事が終わった後、同僚がお茶を飲みながらおしゃべりに興じているときに、眠い目をこすりながらテキストに向かったこともある。だがこちらもスクーリングがあって、通えずに挫折した。

幸い、当時としては先端企業であったその電機メーカーは社内に教育機関を設けていて、生け花や裁縫といった花嫁修業に加えて、国語や社会の授業も行っていたから、早朝や夕刻、夜の時間帯に勉強することができた。仕事の疲れで眠ってしまう女の子たちも多く、春江もときに机に突っ伏して寝てしまうこともあったが、一日も欠席せず、皆勤賞をもらった。しかし社内教育は正規の教育課程とは見なされず高校卒業の資格は得られなかった。

「いや……その」

神宮寺は口ごもった。

「畔上さんがそんなご苦労をされていたとは」

「ご苦労もなにも、あたしたちの時代はみんなそんなもんでしょ。苦労とは思わなかったね。青春だったよ。楽しいこともたくさんあったし」

会社の課外活動では合唱団に入った。ベルトコンベアで流れてくる部品を組み立てながら、歌謡曲を口ずさんだ。騒音がひどいところだったから、だれも気にしなかった。単調な作業だったけれど、歌があれば退屈しなかった。

神宮寺は無言で聞いていた。小刻みな鼻息だけが、カーテン越しに聞こえてくる。

「どんな歌を歌っておられたのですか」

「いろいろ。江利チエミも中尾ミエも伊東ゆかりも美空ひばりも、あの頃流行った歌は何でも。合唱団では唱歌ばかりだったけど」

「それもまた歌に生き、ですね……」

ため息とともにつぶやくように神宮寺が言葉を吐き出す。

会社主催の運動会で、市内にある運送会社の整備工の青年と親しくなり、一緒にお茶を飲んだり、遊園地に遊びに行くようになった。亡くなった夫だ。

「十五で田舎から出てきて、こっちで暮らしてこっちで所帯を持ったものだから、親とは縁が薄くてね。そのぶん夫婦の絆は固かったんだわ。うちの人、昔の男で、それも肥後もっこすなもんだからそりゃ頑固だったね。曲がったことの嫌いな真面目な人でね。私と違って、歌だのダンスだの、浮ついたことも大っ嫌いだったのよ。だけど……」

そこまで言って胸が詰まった。今でも、深夜にふと思い出すと辛さに息も止まる。

「病気でだんだん体が動かなくなって、最期の頃、『あたしに何をして欲しい?』って聞いたんだわ。そしたら『歌ってくれ』って。あの歌舞音曲なんか大嫌いなはずのうちの人があたしに『歌ってくれ』って。『リクエストある?』って聞いたら『川の流れのように』だった」

訪問看護の人々が見守る中で、春江は涙を見せずに、歌いきった。

その直後、夫は意思疎通ができなくなって、春の彼岸を待たずに亡くなった。

「日本の南と北から集団就職で出てきて、川崎で出会ったんだよ。それで身内なんか誰一人いない東京で所帯を持った。そんなことができたんだからおもしろいよね、あの時代は。娘たちを育てながら、二人して働いて、働いて、家を建てた。うちの人が定年になって、これからはあっちこっち行って、のんびり楽しく暮らそうね、と話していた矢先に倒れちゃったからね。もう少し長く生きて欲しかったな」

カーテンの向こうは沈黙している。眠っていないのは鼻息の音からわかった。

「ごめんね、こんな話きかせて、しんみりしちゃったね」

「あ、いや」

少しかすれた声で神宮寺は言った。

「外、出て、飲みませんか。ちょっと寒いけれど、外なら三密にならないでしょう」

「おっ、いいね、賛成！」

素早く起き上がる。

春江に続いて降りてきた神宮寺は、紙袋を抱え、片手には車に備え付けてあった紙コップを持っている。どこか途中で酒を買ったのだろうか。

サービスエリアの敷地に入り、神宮寺は夜露で湿り始めた芝生の上に直接座り、傍らに包み紙を敷き春江にその上に座るように促す。

おもむろに手にした紙袋を開けた。

酒瓶だ。それも洋酒の。

町の自販機にある缶チューハイの類いだろうと思っていたから少々面食らった。

「シャンパン。モエ・エ・シャンドンです」

「はあ……」

何だい、そのもええ何とかというものは、という心の内の疑問は飲み込む。

「私も古希だと申し上げましたよね。大手のレコード会社を定年になったのが、十二年前。その後、リベラミュージックに再就職してこの歳までやってきたのですが、コロナ禍で遂に退職です。畔上さんのＤＶＤが最後の仕事なんですよ」

「そうだったの」

録音中のこだわりと意気込みが、多少理解できた。

「今朝、会社に寄ったら机の上にこれが置いてありましてね」と暗い緑色のボトルを見せた。

「こんなご時世でなければ、最後の出勤日に拍手と花束の、はなはだありがたい儀式で追い出されるところなんですがね。リモートワークになっているものですから社員が出てこない。総務の社員がたまたま出勤した日にシャンパンを買ってきて、ぽん、と私の机の上に置いていった。それで終わり」

金色の包み紙に貼り付けられたカードを、外灯の明かりで神宮寺は読みあげる。

「長い間、お疲れさまでした。これからは悠々自適の人生を楽しんでください」

メッセージにハートとリボンが描き添えられていた。

眉を寄せ、泣き笑いの表情で神宮寺は肩をすくめる。

「それじゃ景気よく開けましょう、景気よく。ポーンと」

少し丸まった神宮寺の背中を、春江は励ますように一つたたく。

神宮寺は目元だけで笑い、紙袋からキッチンペーパーのようなものを取り出すと、シャンパンの栓にかぶせた。

「シャンパンを開けるときには、音を立ててはいけないのですよ。せっかくの泡がきれいに出ないから。しずかに、そっと、こんな風に」

キッチンペーパーの上からゆっくり栓を揺り動かす。

やることなすことといちいちしゃらくさい男だ。

次の瞬間、あっ、という神宮寺の声とともに、ポンッと音を立てて栓がはじけ、中身が噴き出した。

おっと、と春江が即座に紙コップで受ける。

神宮寺は恨めしげにボトルを一瞥したが、気を取り直したように自分の紙コップに中身を注ぐ。

「それでは明日の録音の成功を祈って」

軽く紙コップの縁を当てた後、マスクを取って口に運ぶ。

娘の結婚式で飲んだことのあるシャンパンと違い甘くない。冷えてもいない。それでも口の中ではじける炭酸が爽やかで、かすかな渋みの底に深い味わいがあった。

「満天の星の下で、初めて会った女性と二人でシャンパンを開けるとは。こんな形で退職の日を迎えるとは夢にも思いませんでした」

「こんなばあさんで良かったのかね」

「何を言われます、同級生ですよ。昭和二十五年生まれの」

口あたりは良いがそれなりにアルコール度数が高く炭酸も入っているから、飲んでいるうちに、ふわふわといい気分になってきた。

「考えてみれば、ここ、高速のサービスエリアよね」

ビールの自販機はなく土産物売り場に日本酒もない。ノンアルコールビールさえ置いていない場所だ。駐車場にはこの時間でもかなりの台数のトラックが止まっている。

「背徳の楽しみですね」と神宮寺は、残っているシャンパンを二人の紙コップに注ぐと立ち上がった。今度はズボンの尻を払ったりはしない。

「どうですか？　もう一回、通して歌ってみませんか」

「いいわね。賛成」

神宮寺は片手に紙コップ、もう片方の手に空きボトルを持ち、歩きながらぐびりと飲む。

唐突に歌い出した。聞いたこともない曲だ。

「あなたの心次第で、マリオの命はあと一時間」

変な歌詞だが、なかなか見事なバリトンだった。

「歌姫トスカに向かって、悪い警視総監が、『恋人の命を助けてほしけりゃ俺の言うことを聞け』と迫る場面です。それに答えてトスカが歌うのが『歌に生き愛に生き』です」と口三味線ならぬ口ピアノで前奏を奏でた。

春江は軽く鼻から息を吸い込む。

ヴィスィダルテ　ヴィスィダモーレ……

暗闇に歌声が溶けていく。

神宮寺を、トスカに横恋慕する下衆男に見立て、「お願い、愛する人を助けて。神様、私はこれほど正しく、信仰深く生きてきたのに、なぜこんな目に遭わせるのですか」と嘆き、哀願する。

記憶の中で宮藤珠代がよみがえる。そう、彼女の「歌に生き恋に生き」も、確かに情熱的に恋を歌い上げただけのものではなかった。神宮寺に言われて記憶によみがえらせてみれば、苦しみや迷い、嘆きにみちた悲痛な歌だったようにも思える。

ペルケペルケ　スィニョーレ

ああ、神様、私たち、何も悪いことをせずに、真面目に生きてきたというのに、なぜなのですか。なぜ、大切なうちの人を、あんなに早く私から奪っていったのですか……

意味のわからぬイタリア語の中に、悲嘆の感情がこみ上げた。

ペルケメネリムーネリコズィ

なぜ私にこんな報いを下さるのですか、なぜ私をお見捨てになるのですか、神様最後のミのフラットを長く引き延ばして歌い終わったとたんに、神宮寺が両手を差し伸べてきた。しっかり握手した。

「いいじゃないですか、これでいきましょう、これぞトスカですよ。これで明日もいきましょう」

その瞬間、ぱんぱん、と頭上から拍手が降ってきた。

「いやぁ、お姉さん、いい喉してるね。どっからそういう声、出るの？」

駐車場に止まっている大型トラックの運転席から、男が顔を出している。

「でも、俺、仮眠取ってすぐ出発しなきゃならないのよ、どっか遠く行ってやってくんないかな」

「ごめんなさい、ご迷惑おかけしました」

「申し訳ございません」

二人で平身低頭し、慌てて退散する。

翌日の午後四時、録音と片付けを完了させて神宮寺と春江はロケバスに戻った。

大輝は、また車にいたずらされることを防ぐために、この日は車を離れずに駐車場で待機していた。

興奮と緊張が残っていて、疲れは感じない。

菫色にてかてかと輝くドレスをパニエとともにハンガーラックにかけ、春江は運転席の後ろの定位置に座った。その後ろのシートに神宮寺が腰掛け、ぐったりした様子で背もたれに体を預けている。

「どうだった、おかん、ちゃんと歌えた？」

大輝に尋ねられ、あっはっは、と笑ってごまかす。

車中泊はやはり古希の体にはこたえたようだ。

始める前に、大輝からもらったリゲインを飲んで、二十四時間戦えますか、と歌ってカラ元気を出してはみたものの、声がかすれ、息が切れた。

集中力が続かず幾度も音程とリズムを外し、神宮寺の口ピアノで音を直した。

「間違ったっていいんです、基本さえ外さなければ」

神宮寺は幾度もそう言って励ましながら、いっそうの執拗さで歌い直させ、四時ぎりぎりにすべてが終了したのだった。

「どなたさまも、シートベルトをお締めください」

大輝が運転席からこちらを振り返り声をかけ、車が動き始める。

「で、ＤＶＤは会心の出来になりそう？」と前を向いたまま尋ねる。

「さあね……」

「もちろん」

背後から、自信ありげな声が答えた。

「いろいろありましたが、今日は畔上さん、確実にあの歌の心をつかんでいました」

「はい。ここから先は私の仕事です。ディレクター人生最後の大仕事ですよ」

明日から一ヶ月ほどかけて、この日の録音から良いところを選び、つなぎ合わせて音を完成させ、画像と合体させる。それが終われば神宮寺は完全引退になると言う。

「まだまだ元気なのにもったいない話だね」

「五十五年ぶりにピアノに向き合ってみようかと思っています。今回の録音で私もインスパイアされる部分がありまして。今度こそ、音楽が人生の喜びになりそうな気がします」

傾きかけた晩春の陽を浴びて、バスは高速道路への急カーブを上っていく。


娘たちにしか打ち明けていないが、まもなく春江は歌声を失う。

来月、甲状腺がんの手術を受けることになっている。

浸潤したがんが、声帯の動きを司る神経を巻き込んでいて、手術に伴いその神経の少なくとも一本は切断せざるを得ない、と医師から説明があった。

宮藤珠代のように命を失うことはない。たぶん。リハビリを受ければ、かすれ声で会話することは可能になるだろう。

だが二度と、今日のように歌うことはない。

生命保険のがん特約で手にする一時金の使い道を考えたとき、即座にあのステージのために支出しようと決めた。

歌に生き、恋に生き。

十五で青森から出てきて、働きづめで古希まで生きてきた女は、ローマの歌姫とは違う。

絶望しても城壁から飛び降りたりしない。神仏を恨んだところで何になるだろう。

運命を嘆いてなどいられない。

今日を楽しみ、歌い、食べて、飲んで、働き、人生を愛する。命の尽きるその日まで。

「知らず知らず歩いて来た……」

フロントガラス越しの暮れなずむ空をながめながら、無意識のうちに口ずさんでいる。

「振り返れば遥か遠く故郷が見える」

「ああ川の流れのように」、と後ろの席から、バリトンが唱和した。

「カラオケはうちの車の標準装備じゃないんだよな」

前を向いたまま大輝がぼやく。

マスクでくぐもった二重唱を乗せて、ロケバスは黄昏(たそがれ)の高速道路を東京へとひた走る。

謝辞

この本を書くにあたり、軽トラックに二百キロの荷物を積み、高速道路を時速90キロ走行、という希有なドライブを経験させてくださいました齋藤慶一様、ロケバスに乗車させてくださり、設備や運行規則などに関する貴重なお話をお聞かせくださいました高村聡様に、深謝いたします。

また北海道ニセコ地区をご案内いただき、道南の道路事情や産物などなどについてお話をうかがいました脇山潤様、声楽とピアノ伴奏についての質問に丁寧にお答えくださいました高木久美子様、甲状腺癌の手術についての問い合わせに簡潔で平易な回答をくださいました久坂部羊様、ボルボの車種や性能についてご相談に乗っていただきました池田陽一郎様、たいへんありがとうございました。

参考資料

澤宮優『集団就職　高度経済成長を支えた金の卵たち』弦書房、二〇一七年
川畑和也『「金の卵」と呼ばれて　十五歳・集団就職の軌跡』学研プラス、二〇一九年
鈴木政子『「舎監」せんせい　集団就職の少女たちと私』本の泉社、二〇一五年
田口洋美『クマ問題を考える　野生動物生息域拡大期のリテラシー』ヤマケイ新書、二〇一七年
木村盛武『慟哭の谷　北海道三毛別・史上最悪のヒグマ襲撃事件』文春文庫、二〇一五年

著者の皆様方に敬意と感謝を捧げます。

解説

細貝さやか

篠田さんには二度、殺されたことがある。まず細貝(ほそがい)で。次に、さやかで。名字の時は登場人物の一人にすぎず逝き方もあっけなかったが、ファーストネームの際は狂喜した。心の底から衝撃を受けた短編のヒロインだったからだ。単なる偶然か、名刺ホルダーから適当に選んだだけでしょ、と理性が囁(ささや)いても無視。三十三年前のデビュー時から取材を重ねるたび、その人となりにも強く惹かれるようになっていただけに、篠田節子流の茶目っ気で名前を使ってくれた、と勝手に思っている。

殺されたのは二度だが、救われたことなら数知れない。この作品集も、まさに心のレスキュー本と言える。「田舎のポルシェ」「ボルボ」「ロケバスアリア」、三編のロードノベルを堪能し、切なさと清々しさが入り交じったような余韻に浸っているうちに、こんな言葉がポロッと口から漏れた――うん、そうだね、愚痴はこぼしても腐らず恨まず人と比べず、今日を楽しんで生きていけたらいいよね。よぉし、私もっ。

二〇二一年の春、本書の単行本を書店で見かけた時は、正直なところ、あまり食指が動かなかった。タイトルの素っ気なさもあるが、何より中編集だったからだ。

篠田節子の長編小説の凄さなら、十分過ぎるほど知っている。コロナ禍が始まる二十五年も前に、未知の感染症によるパンデミックを描いた『夏の災厄』。金で買われるように日本の豪農に嫁いだネパール人女性と、彼女を虐げ、のちに翻弄されていく夫を通して日本社会の諸問題を突きつけてくる『ゴサインタン――神の座』。超管理社会となった二〇七五年の東京を舞台に、とてつもない武器で国家と闘う一家に笑わされ、涙した『斎藤家の核弾頭』。圧倒的な音楽の才能と脳の障害を併せ持つ少女が悲劇を引き起こす『ハルモニア』。日本のマザー・テレサと呼ばれた女性の死から人間の多面性に迫る『鏡の背面』……。一九九〇年にデビューして以来、政治、経済、科学、社会、音楽、家族、恋愛と多種多彩な題材を織り込み、ジャンルを自在に横断しながら年に一、二冊のペースで刊行される長編に、幾度となく衝撃を受け、頭も心も揺さぶられてきた。

篠田節子の短編の凄みも、よく知っている。大震災が起きた東京から地方へと飢えた避難民が押し寄せていく「幻の穀物危機」。母親に虐待され、登校拒否の子供たちが暮らす農場にあずけられた少年が、食用の豚だけと心通わせ、誰からも与えてもらえなかった温もりを手にする「青らむ空のうつろのなかに」。高齢化と政治家の無策からアジアの最貧国となり、化学物質や放射能に汚染された近未来の日本を静謐なタッチで描く「静かな黄昏の国」。幸せそうな女友達への嫉妬から主人公が心を病んでいく「天窓のある家」……。六百ページを超える大作にすることも可能なアイディアや材料を惜しげもなく投入しては凝縮し、余分なものを削ぎ落として生み出される色とりどりの短編は、味わい深く、時を経ても古びない。二〇〇二年に書かれた「静かな黄昏の国」など、東日本大震災と原発事故を体験した私たちに更なるリアリティで迫り、背筋を凍らせる。

　中編が長編や短編に劣ると思っているわけではない。単に、好みの問題。早く寝なきゃ明日がつらいと思いながらページをめくり続けてしまう極上の長編ならではの背徳的快楽や、わずか数十ページで世界や人間の本質を浮き彫りにするキレのいい短編の衝撃を味わいたいのである。そんなわけで、今回はパスしようと思いつつ、でも、ちょっとだけ、と表題作「田舎のポルシェ」の立ち読みを始めたのだが、三ページ足らずでグッと心をつかまれ、レジへと向かうことになった。

　まず設定が面白い。台風接近中だというのに、灯りも人気（ひとけ）も絶えた未明、岐阜市内の駐車場で女がひとり、迎えのハイエースを待っている。市の資料館で働く増島翠（ますじまみどり）。そこに現れたのは、なぜか古びた軽トラックで、全身紫のツナギ&喉元から金鎖&丸刈りの強面な大男が降りてくる。翠の同僚の知り合いで、東京・八王子にある翠の実家から百五十キロの米を運んでくる仕事を日当三万円で請け負った瀬沼剛（せぬまたけし）。かくして初対面の男女が、ポルシェ９１１と同じリアエンジンリアドライブの〝田舎のポルシェ〟を駆って、往復千キロに及ぶ旅に出る。

　翠はなぜ故郷を捨て、縁もゆかりもない地方都市でひとり暮らしを続けているのか。台風が迫る中、大量の米を引き取らなければならなくなったのか。酒屋の跡継ぎだった瀬沼は、なぜ便利屋で日銭を稼ぎ、ハイエースでなく軽トラでやって来たのか。共に三十代半ばながら共通項がまるでないふたりの会話が軽妙につづられ、それぞれの事情が顕わになっていく。同時に、令和の今も日本人を縛っている旧弊な価値観、衰退する一方の農業や地方の現状が浮き彫りにされていく。

一九九七年に直木賞を受賞した『女たちのジハード』で篠田は、男性優位社会の中で踏みつけにされても躓いてもへこたれず、人生を切り開こうとする康子やみどりら五人の奮闘を生き生きと描き、多くの女性読者を勇気づけた。あれから四半世紀以上経つが、我が国の男女平等度ランキングは一四六カ国中一二五位（世界経済フォーラム二〇二三年版「ジェンダーギャップ・レポート」）。『女たちのジハード』の主人公の一人と同じ読みの名を持つ「田舎のポルシェ」の翠も、政府が喧伝する〝女性活躍社会〟の薄っぺらさを日々痛感させられている。

日本の国力が衰え、未来に希望を持ちづらくなった令和を生きる翠は、昭和から平成にかけて社会に出たみどりたちのように躊躇せず新たな世界になど飛び立てない。しかし、自分が今いる環境の中で、愚痴をこぼしたり滅入ったりはするけれど、人生をあきらめず、投げ出しもしない。偏見や因習に抗い、時に受け流しながらまっとうに働き、平凡だがかけがえのない日々を重ねていく。その姿は、どんなサクセスストーリーよりも現代の読者を力づけるだろう。

二作目の「ボルボ」は、還暦を過ぎた男二人の物語。大企業を退職した伊能が、長年乗り続けてきたボルボを廃車にする前に思い出の地を巡ろうと、知り合って一年半の斎藤を誘い、東京から北海道へ。斎藤は、勤めていた印刷会社が定年間際に倒産し、今やバリキャリの美熟女妻に養われる立場。ロングドライブの間に、教養も妻への理解もある穏やかな紳士に見えた斎藤の仮面が、どんどん剝がれ落ちていく。情けなさ過ぎて同情してしまうほどだが、やがて思いもかけぬ展開が訪れる。ほろ苦くも痛快なラストに、身の回りにいるトホホなオヤジたちの内なるパワーを、そして自分自身を信じたくなった。

　三作の中で最もわかりやすい形で胸を揺さぶってくるのは、最後に収められた「ロケバスアリア」だろう。夫を看取ったあと介護の仕事を始め、古希を迎えた春江がコロナ禍を逆手に取り、一世一代の夢を叶えようとする。

　緊急事態宣言であらゆるイベントが中止になった二〇二〇年。憧れのオペラ歌手も立った浜松の音楽ホールが無観客を条件に一般開放され、三時間二十万円で借りられると知った春江は、即座に予約。勤務するデイサービスセンターが自主休業に入った翌日、孫の運転するロケバスで東京を発つ。『トスカ』第二幕のアリアを歌うために……。人生の荒波に揉まれることで磨かれてきた春江の明るさと靱さは、彼女と触れ合う人々の心を覆っていた暗雲に風穴を開ける。新型コロナのパンデミック以降、誰もが少なからず抱えている鬱屈にも効果がありそうだ。

　収録作品は、新型コロナウイルス感染症がニュースになる少し前に書き始められ、二〇二〇年から二一年にかけて「オール讀物」に掲載されたという。パンデミックの渦中にトラブル続出のロードノベルを紡いでいたわけだ。さらに、その遥か前から著者が次々に押し寄せる困難と格闘していたことを、『介護のうしろから「がん」が来た！』というエッセイ集の文庫版あとがきで知った。

二十八年ほど前に、実母が認知症を発症。徹底した取材や調査に裏打ちされた、あの多彩で骨太な作品の大半は、徐々に症状が進む母を実家に通って介護しながら生み出したものなのだ。二〇一七年、母親が施設に入り余裕ができたのも束の間、今度は自身に乳がんが見つかる。術後は順調だが、「ボルボ」を書き上げた数カ月後、絞扼性イレウスにより捻れた腸の一部が壊死し、死にかけたという。驚嘆すると同時に納得もあった。だからこそ、この中編集は軽やかでいて奥深く、押しつけがましさ皆無なのに、読んでいるといつの間にか鼓舞されてしまうのだろう。

「ロケバスアリア」の春江は、七十歳を過ぎても夢に向かいひた走る。そして、新たに押し寄せてきた大波を前に思う。

〈運命を嘆いてなどいられない。神仏を恨んだところで何になるだろう。

今日を楽しみ、歌い、食べて、飲んで、働き、人生を愛する。命の尽きるその日まで〉

ヒロインの言葉に、作家・篠田節子の覚悟が重なって見えた。

（ライター）

初出「オール讀物」
田舎のポルシェ　二〇二〇年九・十月合併号
ボルボ　二〇二〇年二月号
ロケバスアリア　二〇二一年一月号

単行本　二〇二一年四月　文藝春秋刊

DTP制作　ローヤル企画

JASRAC　出2306102-301

本書の無断複写は著作権法上での例外を除き禁じられています。また、私的使用以外のいかなる電子的複製行為も一切認められておりません。

文春文庫

田舎(いなか)のポルシェ

定価はカバーに表示してあります

2023年10月10日　第1刷

著　者　篠田節子(しのだせつこ)
発行者　大沼貴之
発行所　株式会社 文藝春秋

東京都千代田区紀尾井町 3-23　〒102-8008
TEL 03・3265・1211(代)
文藝春秋ホームページ　http://www.bunshun.co.jp

落丁、乱丁本は、お手数ですが小社製作部宛お送り下さい。送料小社負担でお取替致します。

印刷製本・TOPPAN株式会社

Printed in Japan
ISBN978-4-16-792113-2

（　）内は解説者。品切の節はご容赦下さい。

桜庭一樹
荒野（こうや）
恋愛小説家の父と鎌倉で暮らす少女・荒野。父の再婚、同級生からの告白、新たな家族の誕生……。十二〜十六歳、少女の四年間を瑞々しく描いた成長物語が合本で一冊に。（吉田伸子）
さ-50-8

桜庭一樹
傷痕
人気ポップスターの急死で遺された十一歳の愛娘〝傷痕〟。だがその出生は謎で、遺族を巻き込みつつメディアや世間の注目の的に。彼女は父の死をどう乗り越えるのか。（尾崎世界観）
さ-50-10

桜木紫乃
ブルース
貧しさから這い上がり夜の支配者となった男。彼は外道を生きる孤独な男か？　女たちの夢の男か？　謎の男をめぐる八人の女の物語。著者の新境地にして釧路ノワールの傑作。（壇　蜜）
さ-56-3

坂井希久子
17歳のうた
舞妓、アイドル、マイルドヤンキー。地方都市で背伸びしながらも強がって生きる17歳の少女たち。大人でも子どもでもない少女の心情を鮮やかに切り取った5つの物語。（枝　優花）
さ-59-2

坂上　泉
へぼ侍
明治維新で没落した家を再興すべく西南戦争へ参加した錬一郎。しかし、彼を待っていたのは、一癖も二癖もある厄介者ばかりの部隊だった——。松本清張賞受賞作。（末國善己）
さ-75-1

佐々木　愛
プルースト効果の実験と結果
東京まで新幹線で半日かかる地方都市に住む女子高生の不思議な恋愛を描いた表題作、オール讀物新人賞受賞作「ひどい句点」等こじれ系女子の青春を描いた短篇集。（間室道子）
さ-76-1

篠田節子
冬の光
四国遍路の帰路、冬の海に消えた父。家庭人として企業人として恵まれた人生ではなかったのか……足跡を辿る次女が見た最期の景色と人生の深遠が胸に迫る長編傑作。（八重樫克彦）
し-32-12

（　）内は解説者。品切の節はご容赦下さい。

柴田よしき
風のベーコンサンド
高原カフェ日誌（ダイアリー）
東京の出版社をやめ、奈穂が開業したのは高原のカフェ。訪れるのは娘を思う父や農家の嫁に疲れた女性……。心の痛みに効くカフェご飯が奇跡を起こす六つの物語。（野間美由紀）
し-34-19

柴田よしき
草原のコック・オー・ヴァン
高原カフェ日誌（ダイアリー）Ⅱ
奈穂のカフェ「Son de vent（ソン・デュ・ヴァン）」二度目の四季。元ロックスターが店にあらわれる。ワイン造りを志す彼を奈穂が助けるうちに、噂が立ち始め——シリーズ第二弾。（藤田香織）
し-34-20

大崎 梢・近藤史恵・篠田真由美・柴田よしき・永嶋恵美
新津きよみ・福田和代・松村比呂美・光原百合
アンソロジー 捨てる
連作ではなく単発でしか描けない世界がある——9人の女性作家が持ち味を存分に発揮し、「捨てる」をテーマに競作！　様々な女性たちの想いが交錯する珠玉の短編小説アンソロジー。
し-34-50

大崎 梢・加納朋子・近藤史恵・篠田真由美・柴田よしき
永嶋恵美・新津きよみ・福田和代・松尾由美・松村比呂美・光原百合
アンソロジー 隠す
誰しも、自分だけの隠しごとを心の奥底に秘めているもの——。実力と人気を兼ね備えた11人の女性作家らがSNS上で語り合い「隠す」をテーマに挑んだエンターテインメントの傑作！
し-34-51

真保裕一
こちら横浜市港湾局みなと振興課です
山下公園、氷川丸や象の鼻パーク、コスモワールドの観覧車、外国人居留地——歴史的名所に隠された謎を解き明かせ。港町・横浜ならではの、出会いと別れの物語。（細谷正充）
し-35-9

重松 清
その日のまえに
僕たちは「その日」に向かって生きてきた——。死にゆく妻を静かに見送る父と子らを中心に、それぞれのなかにある生と死、そして日常のなかにある幸せの意味を見つめる連作短篇集。
し-38-7

重松 清
また次の春へ
同じ高校に合格したのに、浜で行方不明になった幼馴染み。彼の部屋を片付けられないお母さん。突然の喪失を前に、迷いながら、泣きながら、一歩を踏みだす、鎮魂と祈りの七篇。
し-38-14

（　）内は解説者。品切の節はご容赦下さい。

花まんま
朱川湊人（みなと）
幼い妹が突然誰かの生まれ変わりと言い出す表題作の他、昭和三、四十年代の大阪の下町を舞台に不思議な出来事をノスタルジックな空気感で情感豊かに描いた直木賞受賞作。（重松　清）
し-43-2

いっぺんさん
朱川湊人
一度だけ何でも願いを叶えてくれる神様を探しに行った少年たちのその後の顛末を描いた表題作「いっぺんさん」他、懐かしさと恐怖が融合した小さな奇跡を集めた短篇集。（金原瑞人）
し-43-4

どれくらいの愛情
白石一文
結婚を目前に最愛の女性・晶に裏切られた正平は、苦しみの中、家業に打ち込み成功を収めていた。そんな彼に晶から電話が。再会した男と女。明らかにされる別離の理由。
し-48-1

僕のなかの壊れていない部分
白石一文
東大卒出版社勤務、驚異的な記憶力の「僕」は、どんな女性とも深く繋がろうとしない。その理屈っぽい言動の奥にあるのは絶望か渇望か。切実な言葉が胸を打つロングセラー。（窪　美澄）
し-48-4

ファーストラヴ
島本理生
父親殺害の容疑で逮捕された女子大生・環菜。臨床心理士の由紀が、彼女や、家族など周囲の人々に取材を重ねるうちに明らかになった環菜の過去とは。直木賞受賞作。（朝井リョウ）
し-54-3

検察側の罪人（上下）
雫井脩介
老夫婦刺殺事件の容疑者の中に、時効事件の重要参考人が。今度こそ罪を償わせると執念を燃やすベテラン検事・最上だが、後輩の沖野はその強引な捜査方針に疑問を抱く。（青木千恵）
し-60-1

黄昏旅団
真藤順丈
家族へ酷い仕打ちをする男の心の中を旅することになった青年・グンが見た驚愕の風景。古より存在する〈歩く者〉が真実を顕わにする破壊力抜群の極限ロードノベル！（恒川光太郎）
し-67-1

（　）内は解説者。品切の節はご容赦下さい。

須賀しのぶ
革命前夜
バブル期の日本から東ドイツに音楽留学した眞山。ある日、啓示のようなバッハに出会い、運命が動き出す。革命と音楽の歴史エンターテイメント。第十八回大藪春彦賞受賞作。（朝井リョウ）
す-23-1

鈴木大介
里奈の物語　15歳の枷
伯母の娘や妹弟の世話をしながら北関東の倉庫で育った少女・里奈。伯母の逮捕を機に児童養護施設へ。だが自由を求めて施設を飛び出す。最底辺で逞しく生きる少女を活写する青春小説。
す-26-1

瀬戸内寂聴
源氏物語の女君たち
紫式部がいちばん気合を入れて書いたヒロインはだれ？　物語に登場する魅惑の女君たちを、ストーリーを追いながら徹底解説。寂聴流、世界一わかりやすくて面白い源氏物語の入門書。
せ-1-22

瀬尾まいこ
強運の持ち主
元ＯＬが〝ルイーズ吉田〟という名の占い師に転身！　ショッピングセンターの片隅で、小学生から大人まで、悩める背中をちょっとだけ押してくれる。ほっこり気分になる連作短篇。
せ-8-1

瀬尾まいこ
戸村飯店　青春１００連発
大阪下町の中華料理店で育った兄弟は見た目も違えば性格も全く違う。人生の岐路にたつ二人が東京と大阪で自分を見つめ直す。温かな笑いに満ちた坪田譲治文学賞受賞の傑作青春小説。
せ-8-2

瀬尾まいこ
そして、バトンは渡された
幼少より大人の都合で何度も親が替わり、今は二十歳差の〝父〟と暮らす優子。だが家族皆から愛情を注がれた彼女が伴侶を持つとき――。心温まる本屋大賞受賞作。（上白石萌音）
せ-8-3

瀬川コウ
君と放課後リスタート
君を好きだった気持ちさえなくしてしまったのだろうか？　ある日、クラスメート全員が記憶喪失に!?　全ての人間関係の記憶も失われた状態で生まれた謎を「僕」は解き明かせるか。
せ-13-1

（　）内は解説者。品切の節はご容赦下さい。

高村　薫
四人組がいた。
山奥の寒村でいつも集まる老人四人組の元には、不思議議で怪しい客がやってきては珍騒動を巻き起こす。「日本の田舎」から今を描く、毒舌満載、痛烈なブラックユーモア小説！
た-39-3

高野和明
幽霊人命救助隊
神様から天国行きを条件に、自殺志願者百人の命を救えと命令された男女四人の幽霊たち。地上に戻った彼らが繰り広げる怒濤の救助作戦。タイムリミット迄あと四十九日――。（養老孟司）
た-65-1

高杉　良
世襲人事
大日生命社長の父に乞われ、取締役待遇で転職した広岡厳太郎。世襲人事と批判されるも、新機軸を打ち立てリーダーと認められていくが……。英姿颯爽の快男児を描く。（高成田　享）
た-72-9

高杉　良
不撓不屈
税理士・飯塚毅は、中小企業を支援する「別段賞与」という会計処理が脱税幇助だと激怒した国税当局から、執拗な弾圧を受ける。最強の国家権力に挑んだ男の覚悟の物語。（寺田昭男）
た-72-10

千早　茜
西洋菓子店プティ・フール
下町の西洋菓子店の頑固職人のじいちゃんと、その孫であり弟子であるパティシエールの亜樹と、店の客たちが繰り広げる、甘やかなだけでなくときにほろ苦い人間ドラマ。（平松洋子）
ち-8-2

千早　茜
正しい女たち
偏見や差別、セックス、結婚、プライド、老いなど、口にせずとも誰もが気になる最大の関心事を、正しさをモチーフに鮮やかに描きだす。胸をざわつかせる六つの物語。（桐野夏生）
ち-8-4

知念実希人
レフトハンド・ブラザーフッド（上下）
左腕に亡き兄・海斗の人格が宿った高校生・岳士は殺人事件に巻き込まれ、容疑者として追われるはめに。海斗の助言で、真犯人を見つけるため危険ドラッグの密売組織に潜入するが。
ち-11-1

（　）内は解説者。品切の節はご容赦下さい。

筒井康隆
わたしのグランパ
中学生の珠子の前に、突然、現れた祖父・謙三はなんと刑務所帰りだった。俠気あふれるグランパは、町の人たちから慕われ、次々に問題を解決していく。傑作ジュブナイル。（久世光彦）
つ-1-19

辻村深月
鍵のない夢を見る
どこにでもある町に住む女たち――盗癖のある母を持つ娘、婚期を逃した女の焦り、育児に悩む若い母親……私たちの心にさしこむ影と、ひと筋の希望の光を描く短編集。直木賞受賞作。
つ-18-3

辻村深月
朝が来る
不妊治療の末、特別養子縁組で息子を得た夫婦。朝斗と名づけた我が子は幼稚園に通うまでに成長し幸せに暮らしていた。だがある日、「子供を返してほしい」との電話が――。（河瀬直美）
つ-18-4

月村了衛
コルトM1847羽衣
羽衣の二つ名を持つ女渡世・お炎は、失踪した思い人を追い、最新式六連発銃・コルトM1847を背中に佐渡へと渡る。正統時代伝奇×ガンアクション、人気シリーズ第2弾。（細谷正充）
つ-22-3

月村了衛
ガンルージュ
韓国特殊部隊に息子を拉致された元公安のシングルマザー・律子。息子を奪還すべく、律子は元ロックシンガーの女性体育教師・美晴とともに、決死の追撃を開始する。（大矢博子）
つ-22-2

恒川光太郎
金色機械
時は江戸。謎の存在「金色様」をめぐって禍事が連鎖する――。人間の善悪を問うた前代未聞のネオ江戸ファンタジー。第67回日本推理作家協会賞受賞作。（東　えりか）
つ-23-1

ツチヤタカユキ
笑いのカイブツ
二十七歳童貞無職。人間関係不得意。圧倒的な質と量のボケを刻んだ「伝説のハガキ職人」の、心臓をぶっ叩く青春私小説。笑いに憑かれた男が、全力で自らの人生を切り開く！
つ-25-1

（　）内は解説者。品切の節はご容赦下さい。

辻堂ゆめ
お騒がせロボット営業部！
社運をかけ開発された身長80センチの人型ロボット。実用性ゼロのポンコツなのに、次々と事件の犯人にされて…新人女子とイケメンコンビは謎を解けるか!?　新感覚ロボットミステリー。
つ-26-1

天童荒太
ムーンナイト・ダイバー
震災と津波から四年半。深夜に海に潜り被災者の遺留品を回収する男の前に美しい女が現れ、なぜか遺品を探さないでほしいと言う——。現場取材をしたから書けた著者の新たな鎮魂の書。
て-7-5

堂場瞬一
帰還
東日新聞四日市支局長の藤岡裕己が溺死。警察は事故と結論づけたが同期の松浦恭司、高本歩美、本郷太郎の三人は納得がいかず、それぞれの伝手をたどって、事件の真相に迫っていく。
と-24-19

土橋章宏
チャップリン暗殺指令
昭和七年（一九三二年）、青年将校たちが中心となり首相暗殺などクーデターを画策。陸軍士官候補生の新吉は、来日中の喜劇王・チャップリンの殺害を命じられた——。傑作歴史長編。
と-33-1

中島らも
永遠も半ばを過ぎて
ユーレイが小説を書いた？　三流詐欺師が写植技師と組み出版社に持ち込んだ謎の原稿。名作の誕生だ。これが文壇の大事件となって……。輪舞する喜劇。痛快らもワールド！　（山内圭哉）
な-35-1

中島京子
小さいおうち
昭和初期の東京、女中タキは美しい奥様を心から慕う。戦争の影が濃くなる中での家庭の風景や人々の心情。回想録に秘めた思いと意外な結末が胸を衝く、直木賞受賞作。　（対談・船曳由美）
な-68-1

中島京子
のろのろ歩け
台北、北京、上海。ふとした縁で航空券を手にし、忘れられぬ旅の光景を心に刻みこまれる三人の女たち。人生のターニングポイントにたつ彼女らをユーモア溢れる筆致で描く。　（酒井充子）
な-68-2

（　）内は解説者。品切の節はご容赦下さい。

中島京子
長いお別れ
認知症を患う東昇平。遊園地に迷い込み、入れ歯は次々消える。けれど、難読漢字は忘れない。妻と3人の娘を不測の事態に巻き込みながら、病気は少しずつ進んでいく。（川本三郎）
な-68-3

中山七里
静おばあちゃんにおまかせ
警視庁の新米刑事・葛城は女子大生・円に難事件解決のヒントをもらう。円のブレーンは元裁判官の静おばあちゃん。イッキ読み必至の暮らし系社会派ミステリー。（佳多山大地）
な-71-1

中山七里
テミスの剣（つるぎ）
自分がこの手で逮捕し、のちに死刑判決を受けて自殺した男は無実だった？　渡瀬刑事は若手時代の事件の再捜査を始める。冤罪に切り込む重厚なるドンデン返しミステリ。（谷原章介）
な-71-2

中路啓太
ゴー・ホーム・クイックリー
戦後、ＧＨＱに憲法試案を拒否され英語の草案を押し付けられた日本。内閣法制局の佐藤らは不眠不休で任務に奔走する。日本国憲法成立までを綿密に描く熱き人間ドラマ。（大矢博子）
な-82-1

楡　周平
ぷろぼの
人材開発課長代理 大岡の憂鬱
大手電機メーカーに大リストラの嵐が吹き荒れていた。首切り担当部長の悪辣なやり口を聞いた社会貢献活動の専門家「プロボノ」達は、憤慨して立ち上がる。（村上貴史）
に-14-4

貫井徳郎
新月譚
かつて一世を風靡し、突如、筆を折った女流作家・咲良怜花。彼女に何が起きたのか？　ある男との壮絶な恋愛関係が今語られる。恋愛の陶酔と地獄を描きつくす大作。（内田俊明）
ぬ-1-7

貫井徳郎
神のふたつの貌（かお）
牧師の息子に生まれた少年の無垢な魂は一途に神の存在を求めた。だが、それは恐ろしい悲劇をもたらすことに……。三幕の殺人劇の果てに明かされる驚くべき真相とは？（三浦天紗子）
ぬ-1-9